魔《ま》女《じょ》がやってきた！

マーガレット・マーヒー 作　尾﨑愛子 訳　はたこうしろう 絵

もくじ

サクラの木の上の魔女《まじょ》

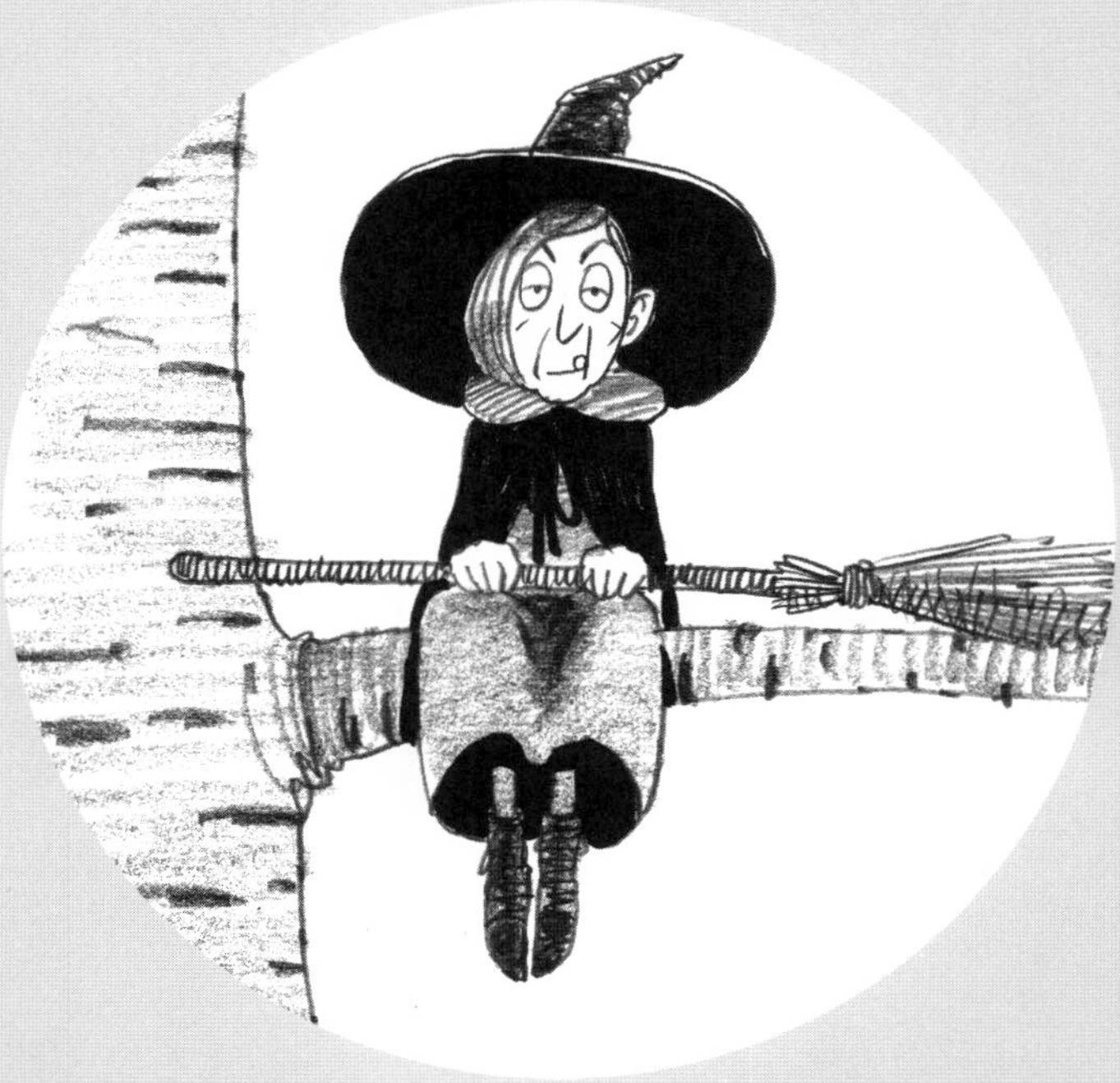

じめじめして、空がどんよりくもった、ある日のことでした。

デイビッドのお母さんは、カップケーキを焼《や》いていました。

町の上の空では、ひとりの魔女《まじょ》が、紙の黒いもえかすみたいに、くるくる飛《と》びまわっていました。魔女《まじょ》は、ケーキの焼《や》ける、あったかくておいしそうなにおいをかぎつけました。

もう長いこと、魔女《まじょ》が食べるケーキといえば、なかまの魔女《まじょ》が焼《や》いたものだけでした。どれも、ひどくまずいケーキでした。

魔女《まじょ》というのは、魔法《まほう》の薬《くすり》ばっかり、ぐつぐつ煮《に》ているせいで、お料理《りょうり》がにがてなのです。魔女《まじょ》のケーキの焼《や》き型《がた》も、もくもくたちこめる湯気《ゆげ》のせいでさ

びていて、使《つか》いものになりませんしね。

「ケーキだ！」と、魔女《まじょ》はつぶやきました。

そして、まっ黒い流《なが》れ星《ぼし》のように、ひゅーっと雲をつきぬけ、デイビッドの家の芝生《しばふ》にある、花ざかりのサクラの木の中におりてきました。

魔女《まじょ》は、しょうわるな黒いオウムみたいに枝《えだ》にとまって、家からただよってくるケーキのにおいを、くんくんとかぎました。


家の中で、デイビッドが、お母さんにいいました。

「見て、ママ！　サクラの木に、魔女《まじょ》がおりてきた。枝《えだ》にすわって、ケーキのにおいをかいでるよ」

「あら、いやだ！　こんなお天気だから、気ばらしがしたくてケーキを焼《や》いてるのに、うちの木に魔女《まじょ》がとまるなんて。このケーキ、とられちゃわないかしら？」
「だいじょうぶだよ。だけど、うんと気をつけないとね。魔女《まじょ》ってくいしんぼうだし、ずるがしこいもん」

ちょうどそのとき、ドアをノックする音がしました。デイビッドは、走っていって、ドアをちょっとだけあけると、用心しながら外をのぞきました。

するとやっぱり、そこには魔女《まじょ》が立っていました。

「どうも、こんにちは！　あたしはケーキの評論家《ひょうろんか》で、国じゅうのケーキを調《しら》べてまわってるとこなんです。あんたのお母さんのケーキがおいしい、ってあたしがみとめたら、お母さんは、じぶんの名前がほってあるメダルをもらえるんですよ。だから、ちょいと中に入って、ケーキを味見《あじみ》させてもらってもかまいませんかね？」

そして魔女《まじょ》は、どうぞお入りくださいといわれるのをまちました。でもデイビッドは、お入りください、なんていいませんでした。そんなことをいったら、好《す》きなだけいていい、といったのとおなじだからです。魔女《まじょ》は家のどこかの戸だなに、永遠《えいえん》に住《す》みついてしまうかもしれません。

「このケーキは、家族《かぞく》むけだからね。魔女《まじょ》の口には合わないよ」

そういうと、デイビッドは、ドアをぴしゃりとしめました。

「じょうずにことわったわね」お母さんは、感心したようにいいました。

さあ、魔女《まじょ》はかんかんになりました。けれども、家の中には入れません。そこで魔女《まじょ》は、怒《いか》りにまかせて、芝生《しばふ》の上で、「雨をふらせるダンス」をおどりました。すると、雨がザーザーふりだしました。

魔女《まじょ》は、焼《や》きたてのケーキがほしくてたまりませんでした。おいしそうなにおいが、魔女《まじょ》の鼻《はな》をくすぐっています。魔女《まじょ》のするどい耳には、生地《きじ》がふつふつと焼《や》ける音まで聞こえてきます。

なのに、ドアはしっかりとしまっています。どうぞお入りくださいなんて、だれもいってはくれません。焼《や》きたてのケーキには、どうしたって手がとどかないのです。

魔女《まじょ》は、はげしい怒《いか》りをこめてぴょんぴょんとびはね、おどりつづけました。デイビッドのお母さんは、どんどん材料《ざいりょう》をはかって、まぜていきました。そうしているあいだに、最初《さいしょ》に焼《や》いたカップケーキが、金網《かなあみ》の上で冷《さ》めてきました。

そこで魔女《まじょ》は、サクラの木の下に立つと、手をささっと動《うご》かして、魔法《まほう》を使いました。すると、芝生《しばふ》の上に、ピンクと白のしまもようのテントがあらわれ

ました。魔女《まじょ》はドラムをバンバンたたきながら、大きな声でさけびました。

さあさ、みんな、いらっしゃい！

ケーキのコンテストがはじまるよ！

焼《や》きたてケーキを持っといで！

魔法《まほう》のあわだて器《き》がもらえるよ！

お母さんがデイビッドにいいました。

「いまの、聞いた？　魔法《まほう》のあわだて器《き》がもらえるなら、ケーキを持《も》っていこうかしら。うちのあわだて器《き》は、とっくに魔法《まほう》が消《き》えちゃったから」

デイビッドがさけびました。

「あんなの、でたらめだよ。ケーキのコンテストなんか、するわけないじゃん。魔女《まじょ》はケーキをたいらげて、げらげらわらいながら飛《と》んでっちゃうだけさ」

「なるほど、たしかにそうね」お母さんはまた感心して、うなずきました。

芝生《しばふ》の上では、魔法《まほう》の品々《しなじな》が、雨にぬれてとけはじめました。テントはずるずると地面《じめん》にくずれおち、ピンクと白の水たまりになってしまいました。ドラムも、みるみるうちに色がうすくなり、とうとう消《き》えてしまいました。魔女《まじょ》は、ザーザーふる雨の中で、ぼうっとつったっていました。ぼうしのふちからぽとぽとたれる水が、魔女《まじょ》の鼻《はな》をつたわっておちていきます。

家の中では、デイビッドがお母さんといっしょに、ケーキの生地《きじ》を、こまかいひだの入った紙のカップに流《なが》しこんでいました。

「ぎざぎざつきのケーキになるね！」と、デイビッドがいいました。

はらぺこの魔女《まじょ》は、ドアのかぎ穴《あな》の前で、あわれっぽくヒーヒーいったり、まどにはりついて、うらめしそうにのぞきこんだりしましたが、デイビッドとお母さんは、楽しくカップケーキを作りつづけました。

「あら、稲妻《いなずま》とかみなりがはじまった」と、お母さんがいいました。

「これも魔女《まじょ》のしわざだよ。うちに入《はい》れないもんで、頭にきてるんだ。だけど、明るくて、あったかくて、ケーキを焼《や》くにおいのするところじゃ、魔女《まじょ》の魔法《まほう》はきかないからね」と、デイビッド。

「じゃ、このトレーを、オーブンに入れましょうか」と、お母さん。

「こっちの小さいトレーは、ぼくが作ったカップケーキだよ。上の段《だん》に入れる

ね」と、デイビッド。

しばらくすると、ケーキがこんがり焼《や》ける、あったかくてこうばしいにおいが、ただよいはじめました。


ふと、デイビッドがまどの外に目をやると、こわれた黒いタコみたいなよれよれのすがたが、芝生《しばふ》にのびているのが見えました。

「魔女《まじょ》がケーキを食べられなくて、きぜつしちゃった！」と、デイビッドはさけびました。

デイビッドは、たとえ相手《あいて》が魔女《まじょ》でも、ほうっておくのはかわいそうだと思いました。

「ひとつ、持《も》っていってもいい？　魔女《まじょ》がちょっぴり元気になるように」

「気をつけてね。魔女《まじょ》って、ほんとにずるがしこいんだから」と、お母さん。

デイビッドは、片手《かたて》でしまもようのかさをさし、もう一方の手にカップケーキをひとつ持《も》ちました。そして、庭《にわ》の小道を、すばしっこい小さな魚のようにすーっと進《すす》んでいき、サクラの木の下の芝生《しばふ》までやってくると、のびている魔女《まじょ》の上にかがみこみました――

ところが、なんてずるがしこいんでしょう！

それは、魔女《まじょ》ではありませんでした。魔女《まじょ》のほうきに、魔女《まじょ》の服《ふく》とぼうしをかぶせてあるだけだったのです。

いきなり、ピンクや白の花のさきみだれる枝《えだ》から、魔女《まじょ》が、デイビッドめがけて飛《と》びおりてきました。でもデイビッドは、魔女《まじょ》が魔法《まほう》を使う前に、しまもようのかさで、えいっと魔女《まじょ》をおしました。

デイビッドがそんなゆうかんなことをするなんて、思いもしなかった魔女《まじょ》は、

地面《じめん》にあおむけにたおれて、足をばたばたさせました。そのようすはまるで、ひっくりかえったカブトムシみたいでした。

デイビッドは、ケーキが焼《や》けるいいにおいのする、あったかい家の中へ、いそいでにげこみました。そして、ケーキをひとつ食べて、気もちを落ちつかせました。

魔女《まじょ》は、ゆっくりと起《お》きあがって、腹《はら》だちまぎれに、芝生《しばふ》にさいている白いヒナギクを、魔法《まほう》でピンクに変《か》えました。それから、もういちどサクラの木の高い枝《えだ》にこしかけ、しょんぼりとうなだれました。

「やられたよ！」と、魔女《まじょ》は、ため息《いき》をつきました。

「完全《かんぜん》に、こっちの負《ま》けだ」

魔女《まじょ》は、魔女《まじょ》用の赤いくつ下をはいた細い足をぶらぶらさせて、とんがったくつの先っぽから、雨《あま》つぶがぽとりぽとりと落《お》ちていくのを見つめました。

「魔女《まじょ》だっていうのは、あんまり楽しいもんじゃないね」

魔女《まじょ》は、ぼそっとつぶやきました。


台所《だいどころ》では、デイビッドとお母さんが、焼《や》きたてのカップケーキを、オーブンからとりだしていました。おやおや、お母さんのケーキは、おいしそうなきつね色に焼《や》けているのに、上の段《だん》に入れたデイビッドのケーキは、まっ黒です。

「上の段《だん》が熱《あつ》すぎたみたい。かなりこげてるわ」と、お母さん。

デイビッドがいいました。

「魔女《まじょ》用のケーキが、ぐうぜんできちゃったね。それとも、魔女《まじょ》が魔法《まほう》を使ったのかな?」

デイビッドは、まどから庭《にわ》のほうをながめました。赤いくつ下と黒いくつをはいた魔女《まじょ》の足が、サクラの木からぶらんとたれています。

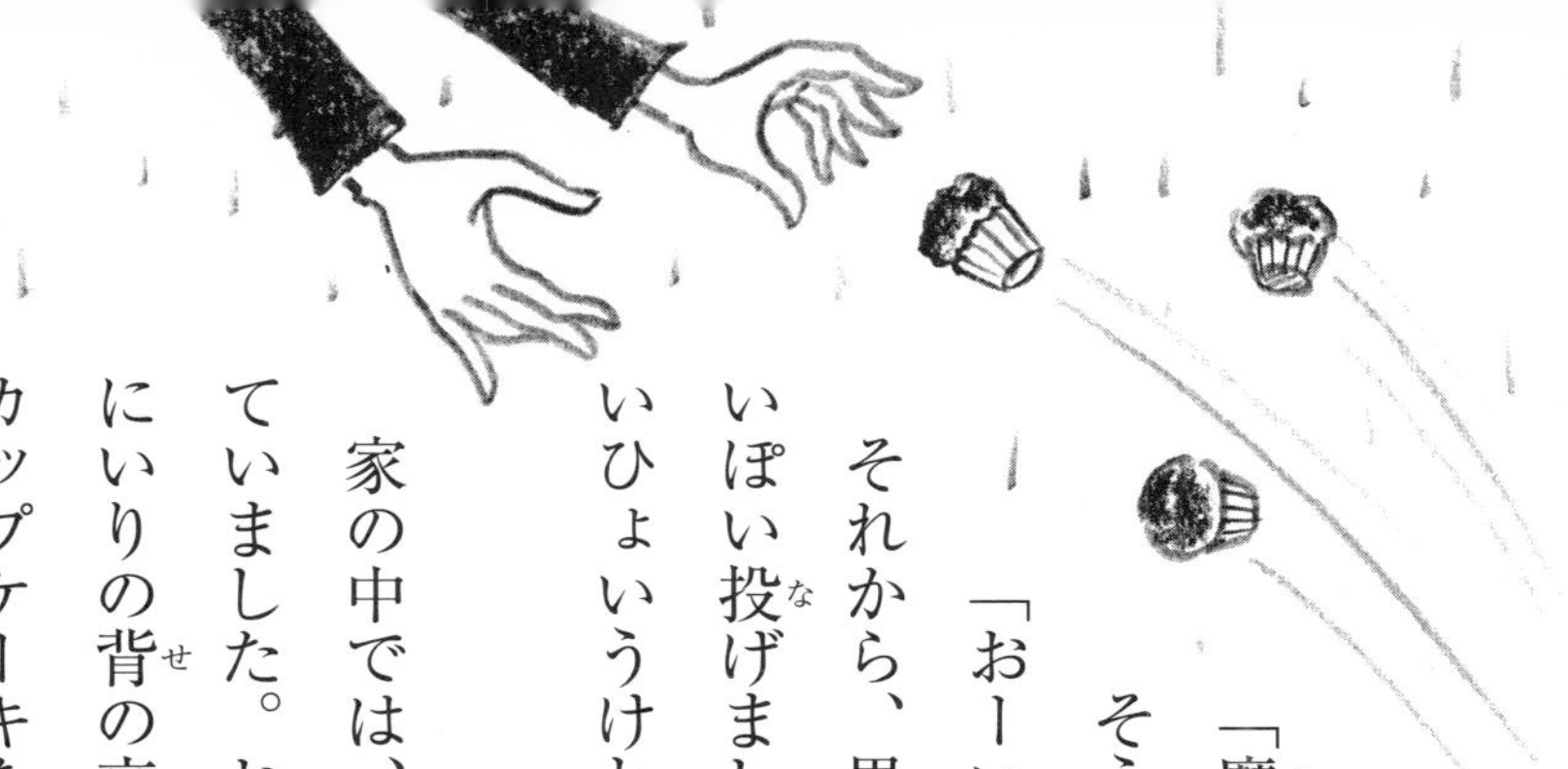

「魔女《まじょ》のことは、よくわかんないな」

そういうと、デイビッドはドアをあけて、さけびました。

「おーい、魔女《まじょ》！　これ、あげるよ！」

それから、黒こげのカップケーキをひとつずつ、サクラの木にむかって、ぽいぽい投《な》げました。魔女《まじょ》は、黒い鳥みたいに飛《と》んでくるケーキを、器用《きよう》にひょいひょいうけとめました。

家の中では、デイビッドとお母さんが、ゆったりくつろいで、ケーキを食べていました。お母さんの飲《の》みものはコーヒー、デイビッドの飲《の》みものは、お気にいりの背《せ》の高いグラスに入れた、冷《つめ》たいミルクです。ふたりのあいだには、カップケーキを山もりにしたお皿《さら》がおいてあります。

「ほんとは、ちゃんと冷《さ》めるまでまったほうがいいのよね。だけどわたしは、あったかいうちに食べるのが好《す》きなの」と、お母さんがいいました。

サクラの木の上では、魔女《まじょ》も、つぎからつぎへと、カップケーキをほおばっていました。なんておいしい、こげたケーキでしょう！　魔女《まじょ》は、ふつうのケーキより、こげたケーキのほうが好《す》きなのです。こげたケーキは、魔女《まじょ》たちにとって、いちばんのごちそうなんですよ。

さて、魔女《まじょ》はケーキをぜんぶたい

らげると、もりもり元気がわいてきました。

「いやはや、あの子はたいしたコックだよ」魔女《まじょ》は、ひとりごとをいいました。

魔女《まじょ》はサクラの木からおりて、ほうきをとりあげました。そして、さっきおどった「雨をふらせるダンス」を、おしまいからさかさまにおどりました。

すると、雨がやみ、雲がさーっとひいて、青空が見えてきました。お日さまも顔を出しました。

お母さんが声をあげました。

「まあ、見て！　大きな黒い鳥が、そこの芝生《しばふ》から飛《と》んでいったわ」

デイビッドは、ぷんぷんしていいました。

「だから、あれが魔女《まじょ》だってば。ママ、なんでわかんないの？」

「あら、ごめんなさい。ちらっとしか見えなかったから」と、お母さん。

魔女《まじょ》は、まっ黒いロケットのように、空高くのぼっていきました。そして、去《さ》っていく嵐《あらし》においつくと、紙の黒いもえかすみたいに、くるくるまわりながら消《き》えていきました。

デイビッドは、明るい陽《ひ》ざしのふりそそぐおもてに、あそびに出かけました。

ふたつのかげを持《も》った男の子

あるところに、じぶんのかげを、とてもたいせつにしている男の子がいました。

この子は、ほんとうにきちょうめんで、ボタンや、くつや、じぶんの持《も》ちもののすべてを、とてもだいじにしていました。なかでも、とくにだいじにしていたのは、じぶんのかげでした。というのも、かげというのは、この世《よ》にひとつしかなくて、一生使《つか》いつづけるものだと、わかっていたからです。

この子は、ほこりっぽいところでかげをひきずらないように、いつも気をつけていました。そして、かげがほこりっぽいところに入ってしまったら、いそいできれいな場所《ばしょ》につれもどしました。

男の子が、こんなにかげをたいせつにしていることに、ある魔女《まじょ》が気づきました。魔女《まじょ》はさっそくやってきて、学校帰りのこの子をよびとめました。

「ずっと見てたんだけど、あんた、かげをだいじに世話《せわ》してるね。気に入ったよ」

男の子は、大人っぽく聞こえるように、すましてこたえました。

「そうですね。これはぼくのたったひとつのかげで、長いこと使《つか》うものですから」

「そのとおり、そのとおり」

魔女《まじょ》は、大きくうなずき、男の子をまんぞくげにながめて、いいました。

「あんたこそ、あたしのさがしてた若者《わかもの》だよ。

じつはね、あたしが旅行《りょこう》にいくあいだ、かげの世話《せわ》をしてくれる人をさがしてたんだ。あたしのかげは、もうひょろひょろの年よりだから、あちこちひきずりまわしたくないんだよ。あんたも知ってのとおり、かげってのは、そうとうやっかいなものだしねえ」

「ぼくのかげは、べつに、やっかいじゃないですけど」と、男の子が、ふしぎそうにいいました。

「ふん、そう思ってるうちが花さ」と、魔女《まじょ》はいいました。

「とにかく、あたしは、かげぬきで、二週間、出かけたくってね。だけど、かげは、だれにでもあずけられるってわけじゃない。ぜひ、あんたに、あずかってほしいんだよ」

男の子は、魔女《まじょ》といいあらそったりしたくなかったので、しかたなくいいました。

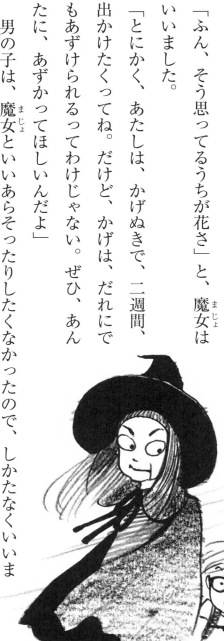

「わかりました。でも、なるべくいそいでもどってきてくださいね」

魔女《まじょ》は、歯《は》をむきだして、にかっとわらいました。すると、いかにも悪《わる》い魔《ま》女《じょ》らしい顔になりました。魔女《まじょ》のほうは、感《かん》じよくわらったつもりだったんですけれどね。

「もし、ちゃんとかげのめんどうを見てくれたら、あんただけが使《つか》える魔法《まほう》の薬《くすり》をあげよう。とっておきのをえらんでやるからね」

そういうなり、魔女《まじょ》はじぶんのかげを、男の子の足に、ぺたんとくっつけました。そして、ほうきにまたがって、飛《と》びさりました。かかとに黒っぽいしみみたいなかげをつけずに、お日さまの光をあびて飛《と》んでいく魔女《まじょ》のすがたは、まるでアザミのわた毛《げ》のように、気ままでかろやかでした。

こうして男の子は、ふたつのかげを持《も》つようになりました。ひとつは、じぶ

んのかげ。もうひとつは、あばれんぼうで、ひねくれていて、手におえない魔《ま》女《じょ》のかげです。

男の子は、魔《ま》女《じょ》のかげに、さんざん手こずりました。なにしろそれは、世界《せかい》でいちばん、おぎょうぎの悪《わる》いかげだったのです。

ふつう、かげというのは、持《も》ちぬしとおんなじ動《うご》きをするものですよね。でも、魔《ま》女《じょ》のかげは、そうではありませんでした。

男の子がリンゴを買いにいくと、魔《ま》女《じょ》のかげは、くだもののかげに、いたずらをしました。オレンジのかげをバナナにくっつけたり、たくさんのモモのかげをごちゃまぜにしたり。そうして、お店をめちゃくちゃにしてしまったのです。

くだもの屋《や》さんは、おこっていいました。

「そんな悪《わる》さをするかげなんか、外に出してくれ！　かげのないオレンジなんか、どうやって売ったらいいんだ？　それに、オレンジのかげのついたバナナなんて、いったいだれが買うっていうんだ？」

けれども、男の子は、魔女《まじょ》のかげから目をはなす気にはなれませんでした。

そこで、リンゴを買うのはあきらめて、すごすごとくだもの屋《や》さんから出ていきました。


家でも、にたようなことが起《お》こりました。

晩《ばん》ごはんのあいだずっと、魔女《まじょ》のかげは、床《ゆか》からかべまで長ーくのびて、かべじゅうをはねまわっていました。そして、時計からかげをとりあげたので、時計はぴたりと止まってしまいました。

それから、かげは、オウムをおどかしてギャーギャー鳴かせ、犬のかげのしっぽをぐいっとひっぱりました。

お母さんはいいました。
「まったく、もう！　そんな目ざわりなものが、かべじゅうをひょこひょこしてたら、せっかくの晩ごはんがまずくなっちゃう！　外に出しといてちょうだい」
でも、男の子は、なにがあっても魔《ま》女《じょ》のかげから目をはなさないぞ、と心に決《き》めていました。そこでその日から、男の子は、台所《だいどころ》で、ひとりっきりでごはんを食べることにしました。

男の子が、魔女《まじょ》のかげを、いたずらや悪《わる》さができそうな場所《ばしょ》から、うまいこと遠ざけたので、とうとうかげは、なにも悪《わる》いことができなくなってしまいました。すると、とうぜん、かげは、いらいらしてきました。

そして、男の子がこんなにいっしょうけんめい、世話《せわ》をしてやっていたというのに、魔女《まじょ》のかげは、とつぜん、新しいいじわるを考えつきました。そんなことをしたら、いくら魔女《まじょ》のかげだってはずかしくなるだろうと思うほどの、ひどいいじわるです。

なんと、このかげときたら、男の子のかげを、つねったりからかったり、かみついたりおどかしたりするようになったのです。まったく、見ていられないほどでした。

男の子のかげは、これまでいつも、だいじにされてきました。なのに、らんぼうなかげがいきなりあらわれて、横《よこ》からぐいぐいおしてほこりっぽい場所《ばしょ》においこんだり、足をふんだりして、いじめてくるのです。男の子のかげはもう、どうしていいかわかりませんでした。

とうとうある日、男の子のかげは、どうにもがまんできなくなりました。男の子が、お昼ごはんを食べにうちに帰ろうと、まひるの陽《ひ》ざしの中を、いそいでいたときのことです。となりでは、ふたつの、みじかくてずんぐりしたかげが走っていました。

ところが、ふと見ると、魔女《まじょ》のかげが、じぶんよりも小さい、男の子のかげに手をのばして、長いつめで、ぎゅっとつねっているではありませんか！

そのとたん、男の子のかげは、ぴょーんと大きくはずんで、男の子の足からはずれました。そして、まるで大きな黒いカブトムシか、風にふかれてばたばたしている新聞紙みたいに、道の先へ飛《と》んでいってしまいました。

男の子は、あわてておいかけましたが、かげはもう、どこにも見あたりません。男の子は立ちつくして、あたたかい夏の午後《ごご》の物音《ものおと》に、耳をすましました。

あたりは、しーんとしずまりかえっていて、魔女《まじょ》のかげがケッケッと高《たか》わらいしているのだけが、かすかに聞こえました。それは、高わらいというより、高わらいのこだまみたいでした。（こだまというのは、声のかげですから、かげの出す声も、こだまみたいに聞こえるんですよ。）

さあ、とんでもないことになりました。たしかに、男の子のかげは、またひとつにもどりました。ですが、そのひとつは、じぶんのではありません。じぶんのほんとうのかげは、どこかへいってしまって、魔女《まじょ》のかげしかのこっていないのです。

しかもそれは、かげがあるというより、足にとげとげの植物《しょくぶつ》がくっついているようなものでした。へんな感《かん》じがするし、そばをとおる人たちも、じろじろこっちを見て、つつきあっています。

じぶんのかげがなくなった男の子は、かなしくて、さびしい気もちでした。それでも、魔女《まじょ》のかげを好《す》きになって世話《せわ》してやろうとがんばりましたが、おん知らずのかげは、ちっともよろこんでくれません。こんなことなら、野生のめすオオカミとか、とげとげの植物《しょくぶつ》をなでてやるほうが、よっぽどましです！

しばらくたって、ようやく、魔女《まじょ》がもどってきました。黒い紙にグレーのインクで書いた手紙をよこして、あずけたかげをつれて真夜中《まよなか》にまちあわせ場所《ばしょ》にくるように、とつたえてきたのです。

ありがたいことに、その晩《ばん》は、明るい月夜でした。そうでなかったら、あの、ろくでもないかげを見つけるのは、ものすごくたいへんだったことでしょう。男の子をこまらせようとして、かくれたりするんですからね。

魔女《まじょ》は慣《な》れたようすで、いっしゅんのうちにかげをつかまえて、じぶんの足にぺたんとくっつけてしまいました。ほんとうに、目にもとまらないほどの早さでした。

それから魔女《まじょ》は、ずるそうにいいました。

「さあて、やくそくの魔法《まほう》の薬を、あげようかね」

そして、男の子に、コウモリの羽につつんだ、しまもようの小さな錠剤《じょうざい》をわたしました。

「これは、あたしが、じぶんじゃあんまり使《つか》わない魔法《まほう》でね。だけど、この錠剤《じょうざい》を飲んだ子は、なんとラクダに変身《へんしん》できるのさ。どんな種類《しゅるい》のラクダにだって、なれるんだよ。ラクダレースで走るような白いラクダだろうが、フタコブラクダだろうが、おのぞみどおりさ」

男の子は、ラクダに変身《へんしん》だなんて、つまらない魔法《まほう》だな、と思わずにはいられませんでした。それに、いまののぞみは、じぶんのかげに帰ってきてほしい、ということだけなのです。

そこで男の子は、魔女《まじょ》に、「あなたのらんぼうなかげが、ぼくのおとなしい

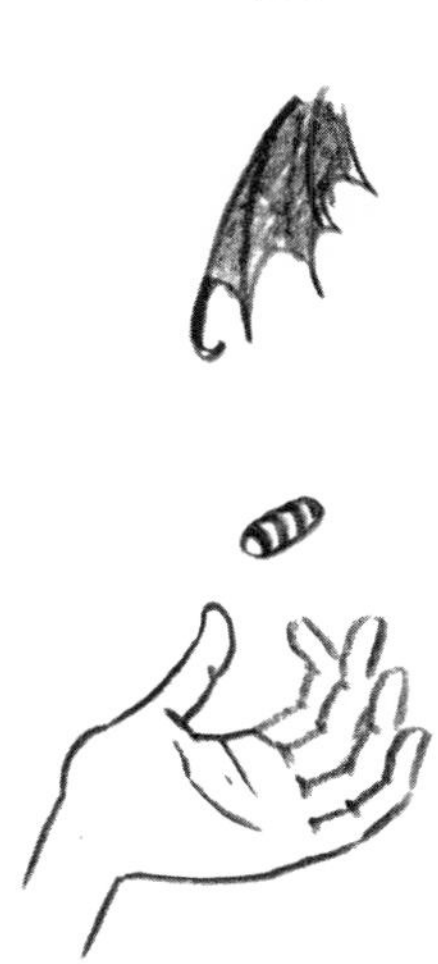

かげをおいはらってしまったんです」と、うったえました。

でも魔女《まじょ》は、フン、と鼻《はな》でわらっただけでした。それは、いかにも魔女《まじょ》らしい、聞いていて腹《はら》のたつわらいかたでした。

魔女《まじょ》はいいました。

「まあまあ、あんた、世《よ》の中《なか》、なんでも思いどおりにいくはずはないだろ。あんたには、やっかいをかけたぶん、礼《れい》をたっぷりはずんでやったじゃないか。さあ、つべこべいってないで、うちにお帰り」

男の子は、いわれたとおりにするしかありませんでした。

男の子は、しまもようの錠剤《じょうざい》を入れたポケットをしっかりおさえながら、しょんぼりと家にむかいました。

その晩《ばん》は、明るい月夜で、すべてのものに、ちゃんとかげがありました。木々の長いかげは、道の上にのびていますし、フェンスの柱《はしら》のとんがったかげ

は、まきばにむかってつきだしています。ねむっている牝牛《めうし》たちの体のわきには、ねむっているかげがよりそっています。かげがないのはじぶんだけだと思うと、男の子は、とてもさびしくなりました。

家の門に近づいていくと、男の子は、最初《さいしょ》、お母さんがじぶんをまっているのかと思いました。だれかをさがしているみたいな、ぼうっとしたすがたが見えたからです。ですが、お母さんにしては、どうも背《せ》が低《ひく》すぎます。それに、近づいたときには、もう見えなくなっていました。

ところが、やっぱりなにかが動いた気がして、もういちどよく見ると、どう

でしょう！　そうっと、はずかしそうに、男の子のかげが、ほかのかげのあいだから出てきたではありませんか。

かげはすーっと地面《じめん》をすべってきて、男の子の足に、じぶんの足をぴたっとくっつけました。これまでずうっと、はなれたことなんかなかったみたいにね。

男の子は、ちょっと考えてみました。

やっかいな魔女《まじょ》のかげとは、おさらばできました。

どんなラクダにでも変身《へんしん》できるという、魔法《まほう》の薬《くすり》も手に入れました――変身《へんしん》したくなるかどうかは、わかりませんが。

そしてなにより、とうとう、じぶんのかげがもどってきたのです！

なにもかも、めでたしめでたしです。男の子は、すっかりうれしくなって、月の光の下で、おかしなダンスをおどりました。

かげも、男の子の足にくっついて、いっしょにおどっていましたよ。

ほうき入れの王さま

あるところに、お母さんとお父さんとサラという女の子だけの、小さな家族《かぞく》がいました。一家は、新しい家にひっこしたばかりでした。

といっても、家そのものが新しかったわけではありません。それは古くて大きくて、そこらじゅうにがらんとした場所《ばしょ》があり、あちこちでこだまが聞こえるような家でした。足音はドンドンと大きくひびくし、ドアをしめるたびに、まるで銃《じゅう》をうつような、バーンという音がするのです。

家族《かぞく》はみんな、まだこの家に慣《な》れていなくて、ちょっとびくびくしていました。家がじーっとこちらを見ていて、いきなり、ワッとおどかしてきそうな気がしたからです。

家具《かぐ》のいくつかは、ひっこしトラックで運《はこ》ばれてくるとちゅうでしたが、い

くつかは、もうといて、家の中におかれていました。その家具《かぐ》たちも、家の人とおなじように、びくびくしているみたいでした。もし家の人たちが出ていってしまったら、じぶんたちのほこりをはらったり、下をほうきではいたりしてくれる人がいなくなってしまうと、しんぱいしていたのかもしれません。

さて、お母さんが台所《だいどころ》でお昼《ひる》ごはんを作っていると、サラが入ってきて、いいました。

「ママ、ろうかにある大きな戸だなのことなんだけど」

「ああ、あれは、ほうきを入れる戸だなよ」と、お母さん。

「あのね、ママ、あの中に王さまがいるの。もうなん年も、ずーっととじこめられてるんだって」

「あら、お気のどくにね。でも、どうして出てこないの？」と、お母さんはた

ずねました。

　すると、サラはこたえました。

「出られないの！　魔法《まほう》をかけられてるんだって。王さま、体じゅう、クモの巣《す》だらけになっちゃってるのよ」

「かわいそうな王さま！」と、お母さんはいいました。

「かわいそうな王さま！」と、サラもいいました。

　サラは、ちょっと考えてから、またいいました。

「ねえママ、王さまをたすけてあげられない？」

「もちろん、たすけるわ。やりかたさえわかればね」と、お母さんはこたえました。

「じゃ、聞いてくるね」サラはそういって、台所《だいどころ》を出ていきました。

お母さんは、サンドイッチを作り、ケーキを切りました。そこへ、サラがもどってきて、ほうこくしました。

「戸だなのかぎさえあけてあげたら、王さまとなかまたちは、出てこられるんだって」

お母さんはびっくりして、聞きかえしました。

「なんですって？　かぎがかかってるの？　じゃあ、どうして王さまが中にいるって、わかったの？」

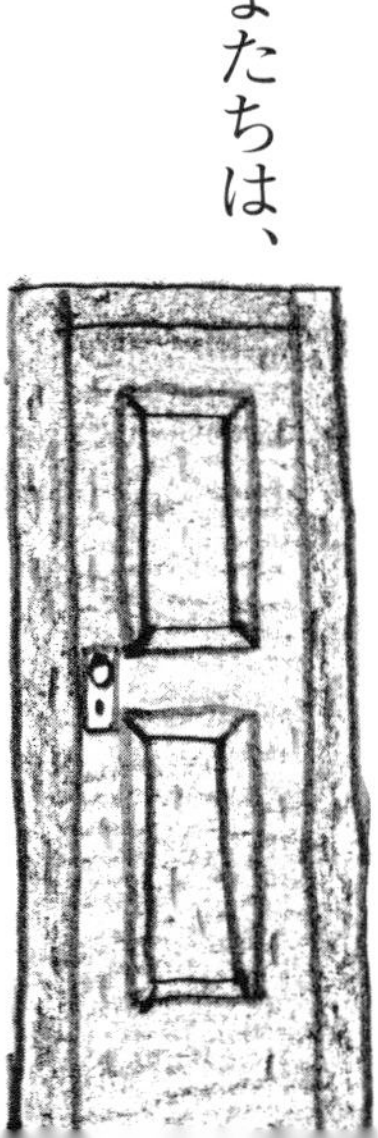

サラはこたえました。
「ここから出してくれ、っていう、ちっちゃな声が聞こえたの。王さま、とびらの下からすきま風が入ってくるもんで、のどがいたくなっちゃったの。もう、なん年もずうっと、いたいんだって。だから、ひそひそ声しか出せないの。あたし、かぎ穴《あな》からのぞいてみたんだけど、中はまっくらで、なんにも見えな

かった」

「冗談《じょうだん》はともかく」と、お母さんがいいました。お母さんは、戸だなの中の王さまの話なんて、これっぽっちも信《しん》じていなかったのです。

「ほうき入れのかぎなんて、あったかしら？」

お母さんは、ベンチにおいてあった、かぎがじゃらじゃらついたキーホルダーをとりあげて、ひとつひとつ調《しら》べはじめました。

「ええと、これは裏口《うらぐち》で、こっちは玄関《げんかん》。これは、ろうかのつきあたりの書斎《しょさい》のかぎね」

サラは、話しつづけました。

「あのね、王さまに魔法《まほう》をかけたのは、魔女《まじょ》なの。王さまが、なかまたちとピクニックをしてたら、なんでかわからないけど、いきなり魔女《まじょ》がやってきて、王さまたちに、魔法《まほう》をかけちゃったんだって。それでね、魔女《まじょ》は、みんなのま

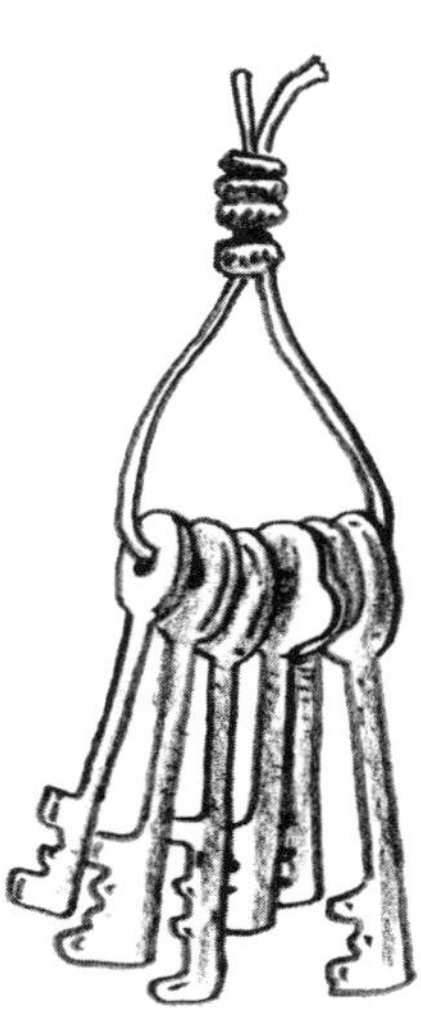

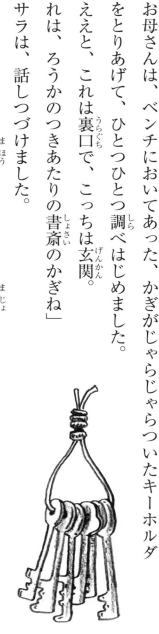

わりに戸だなを作って、その戸だなのまわりに、家を建《た》てちゃったの。それがこの家で、だから、あそこに戸だながあるってわけ。魔女《まじょ》は、戸だなの前で、いやーな感《かん》じでわらってたんだって。

ねえ、かぎ、見つかった？」

「いいえ、戸だなのかぎなんて、なさそうよ」と、お母さんはこたえました。

サラは、しんぱいそうな顔になって、さけびました。

「そんな！　ぜったいあるってば。だって今日は、魔法《まほう》がとけて、王さまが外に出られることになってる日なんだもん。王さまがそういってたの」

「かぎが見つかるまで、まっていただくしかないわね」と、お母さん。

ちょうどそのとき、青いハトが、まどから飛《と》びこんできました。ハトは、テーブルの上におりると、くちばしにくわえていたちっちゃな黒いかぎを、お母

さんのパン皿《ざら》に落としました。それから、とくいげにクックーと鳴《な》いて、見せびらかすようにおどってから、ふたたびまどの外へ飛《と》んでいきました。

サラがさけびました。

「ほら、やっぱりね！　王さまのいってたとおりだ。それが戸だなのかぎよ！」

お母さんがいいました。

「ふしぎなこともあるものねえ！　ほんとに、あのほうき入れのかぎかしら？」

お母さんは、たしかめようと、いそいでろうかに出ていきました。サラも、あとにくっついて走っていきました。

お母さんが、かぎ穴《あな》にかぎをさしこんでガチャガチャやっているあいだ、サラは、はげますように、戸だなにむかって話しかけていました。

「王さま、王さま、だいじょうぶ？　聞こえますか？　いま、たすけてあげますからね」

「どうやら、かぎ穴《あな》がさびてるみたい。王さまには、もうちょっとまっていただくことになりそう」と、お母さんが、かなしそうにいいました。

ところがそのとき、カタカタという音が聞こえたかと思うと、小さなネズミが四ひき、オイルの缶《かん》をひきずって、ろうかを走ってきたのです。ネズミたちは、サラの足もとに缶《かん》をおくと、さーっと巣穴《すあな》にもどっていきました。

「あらあら、気がきくこと」と、お母さんはいいました。うちにネズミがいるとわかって、ちょっと、げんなりしていたんですけれどね。

お母さんは、オイルの缶《かん》を手にとると、まず、かぎにオイルをたらし、つぎに、かぎ穴《あな》にもさしました。かぎは、やすやすとまわりました。

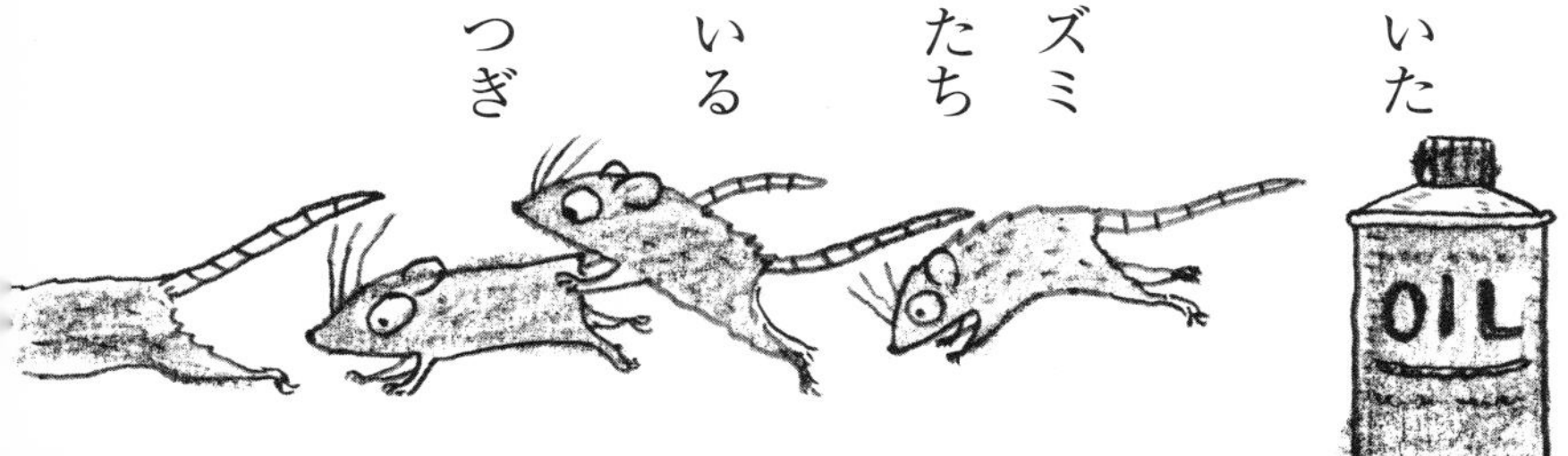

すると、どうでしょう。戸だなの中から、さんさんとふりそそぐ陽《ひ》ざしのような明るい光があふれだしたのです。花のかおりと、おいしそうなサンドイッチのにおいがただよい、ドラムとトランペットの音が高らかにひびきわたりました。

それから、むらさき色と金色の衣装《いしょう》をまとった王さまが出てきました。ひとりではなく、なんと七人も！

きれいに着《き》かざった七人のおきさきさまも、あとにつづきました。

つぎに、髪《かみ》に花をかざり、緑色《みどりいろ》のドレスを着《き》たたくさんの女の人たちが、おどりながら出てきました。

さらに、動物《どうぶつ》たちがつづきます。銀色《ぎんいろ》のシカのむれ。気どって、しゃなり、しゃなりと歩く、白いクジャクたち。しっぽにバラの花をつけた、ピンク色のゾウが一頭。

そして、いちばん最後《さいご》に出てきたのは――

ほうきをひきずった魔女《まじょ》でした。

魔女《まじょ》は、むすっとした顔でサラとお母さんを見て、ぶつぶつといいました。

「あたしゃうっかり、じぶんのことまで、戸だなにとじこめちまったんだよ。まちがった場所《ばしょ》で、まちがった呪文《じゅもん》をいったおかげでさ……」

七人の王さまと七人のおきさきさま、緑《みどり》のドレスの女の人たち、銀《ぎん》のシカのむれ、白いクジャクたち、ピンクのゾウは、行進《こうしん》しているような、おどっているような、ふしぎな歩きかたで、ろうかを進み、さわやかな夏の陽《ひ》ざしの中へ出ていきました。そして、たくさんの色をきらきらさせながら、草のおいしげる庭《にわ》をぬけ、森の中へと消《き》えていきました。

魔女《まじょ》は、ほうきを戸だなの中にほうりこんで、どなりました。

「おまえには、そこがおにあいだ！　もう魔法《まほう》なんか、こんりんざい使《つか》うもんか。あたしゃ、心を入れかえたんだ」

魔女《まじょ》は、王さまたちによびかけました。

「まっておくれ！　あたしもいくよ」

そして、王さまたちのあとをおって、黒いネズミみたいに、さーっと走っていってしまいました。

お母さんは、あっけにとられて、魔女《まじょ》のうしろすがたを、ぽかんとながめていました。が、気をとりなおして、ほうき入れの戸だなをあけると、おっかなびっくり、中をのぞきこみました。

「のこってるのは、魔女《まじょ》のほうきだけね」

ところが、どうでしょう。そのほうきは、柄《え》を下にして、ドン、ドンととびはねながら戸だなから出てきて、そのままろうかを進《すす》み、玄関《げんかん》へむかいました。

そして、はねながら外に出ていくと、魔女《まじょ》と王さまたちのあとをおって、庭《にわ》を

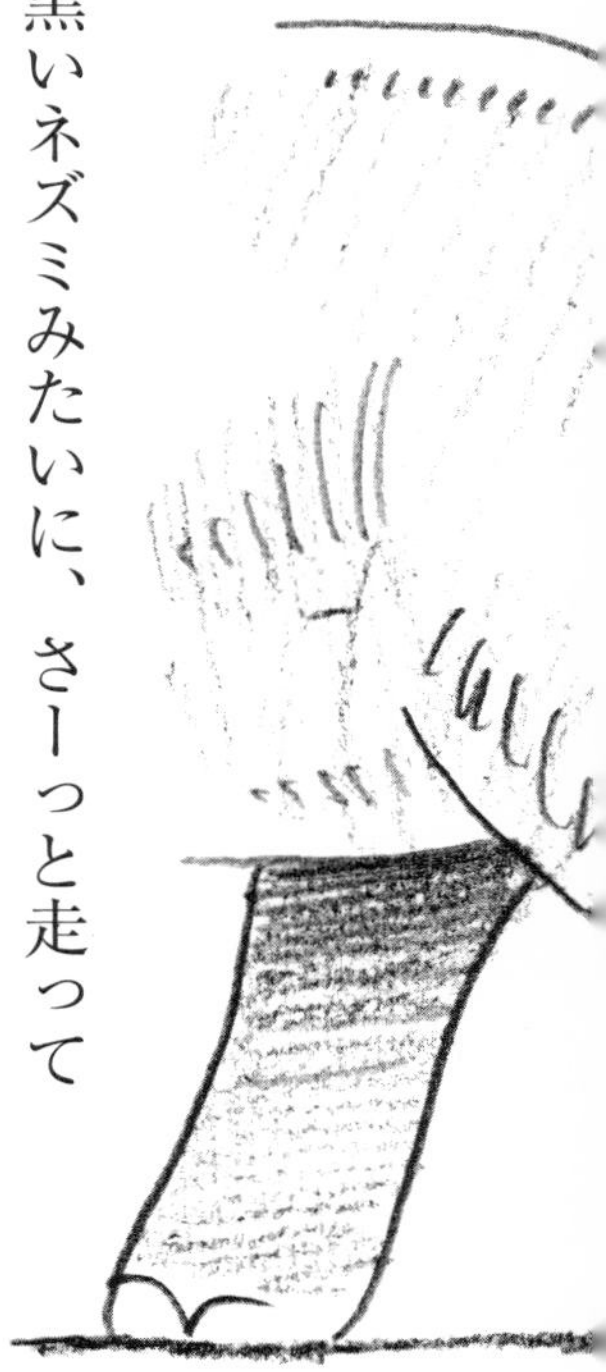

つっきり、森の中に消《き》えていきました。

サラは、まんぞくそうに大きなため息《いき》をつくと、いいました。

「さあ、戸だなもからっぽになったから、うちのほうきが入れられるね。ほうきたちも、きっとここが気に入るわ。だって、こんなにすてきな戸だなだもん。ああ、ちゃんと魔法《まほう》がとけてハッピーエンドになるのって、ほんとにいい気分！」

どこか、遠くのほうから、トランペットとドラムの音が、かすかに聞こえてきました。ほうき入れの王さまたちは、いったいこれから、どこへいくんでしょうね。

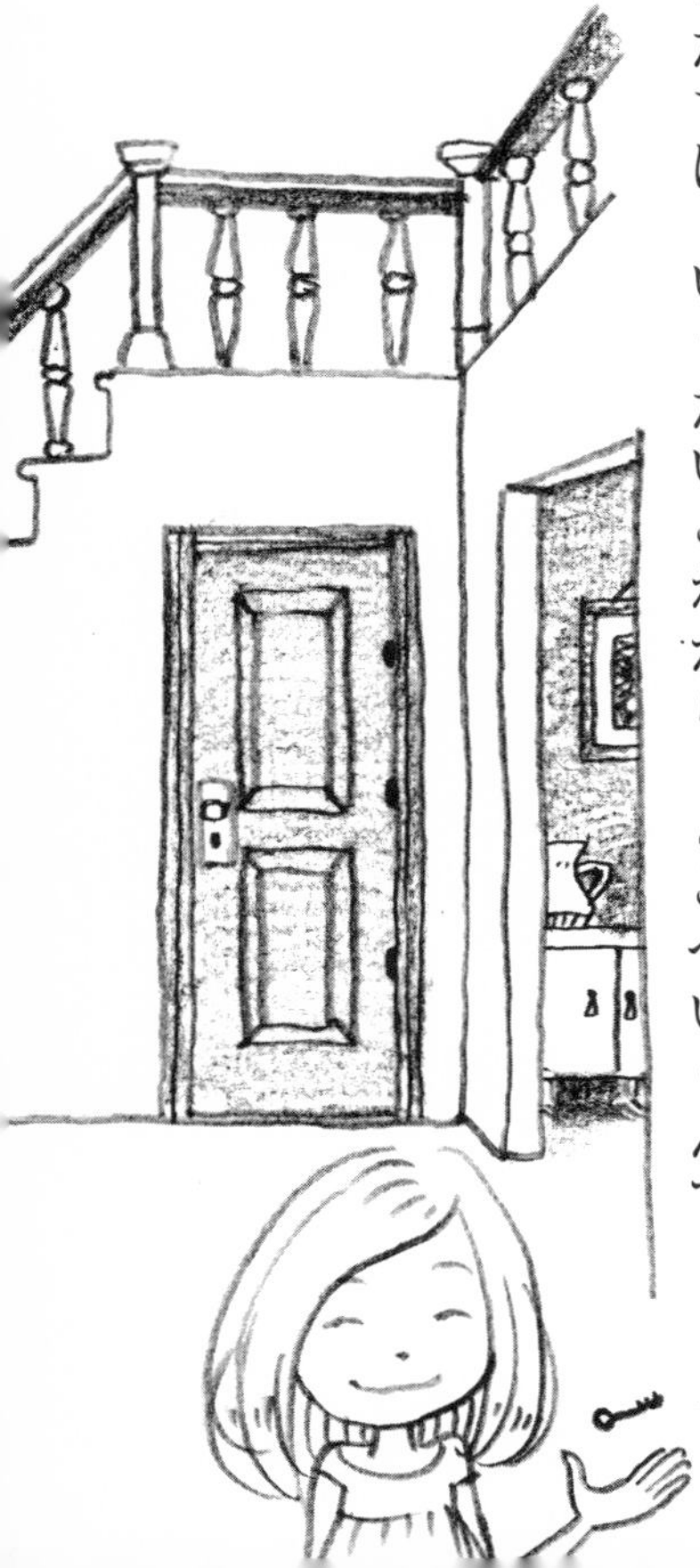

魔女《まじょ》のお医者《いしゃ》さん

あるところに、トムという名の若者《わかもの》がいました。トムのお父さんはお医者《いしゃ》さんで、息子《むすこ》にも、医者《いしゃ》になってほしいと思っていました。

でもトムは、医者《いしゃ》になりたいとは、まったく思っていませんでした。それよりも、詩《し》を書きたかったのです。

トムの頭の中では、昼も、夜も、たくさんのことばが、まるで森の中の小鳥のように、さえずっていました。風がふく音は、トムには、巨人《きょじん》がまじないのことばをさけんでいるように聞こえました。お日さまがかがやくと、トムもいっしょにかがやきたくなり、力強い金色のことばを口ずさみました。

トムは、まさに、詩人《しじん》になるために生まれてきたような人でした。けれども、お父さんに、「おまえも、ぜったい医者《いしゃ》になるんだぞ。それ以外《いがい》はゆるさんか

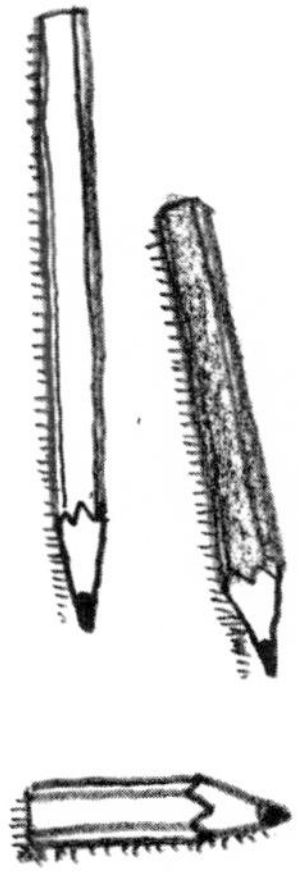

らな」といわれていたので、しかたなく、詩人《しじん》になるのはあきらめて、いっしょうけんめい、医者《いしゃ》になる勉強《べんきょう》をしたのです。かわいそうなトム！

ある日、医者《いしゃ》をめざす若者《わかもの》たちを教えている教授《きょうじゅ》が、テストの答案《とうあん》を見ていいました。

「こりゃあ、なんだね？　だれかが、答案《とうあん》に詩《し》を書いているぞ。わたしが出したのは、骨《ほね》のしゅるいを書け、という問題《もんだい》だったはずだが」

するとトムがいいました。

「ええと、それはぼくの答案《とうあん》です。骨《ほね》の名前が、どうしても思いだせなかったので」

「では、だれかがきみのところに、折《お》れた足を治《なお》してもらいにきたら、きみはその患者《かんじゃ》さんに、詩《し》を読んであげるのかね？」と、教授《きょうじゅ》は、ひどくけいべつした調子《ちょうし》でたずねました。

「そうですね、それだって、なんにもしないよりは、ましじゃないでしょうか。人には、骨《ほね》だけじゃなくて、夢《ゆめ》もありますから」と、トムはこたえました。

教授《きょうじゅ》は首をふって、いいました。

「なあ、お若《わか》いの。そんなことをいってたんじゃ、きみはけっして、医者《いしゃ》にはなれんよ。医者《いしゃ》が考えるべきなのは、患者《かんじゃ》の骨《ほね》のことだ。夢《ゆめ》じゃなくてね」

そこでトムは、ひっしに勉強《べんきょう》して、骨《ほね》の名前を、ぜんぶおぼえました。筋肉《きんにく》の名前も、ぜんぶおぼえました。

骨《ほね》や筋肉《きんにく》の名前がぜんぶ出てくる歌を作り、それを口ずさんで、暗記《あんき》したのです。

そしてトムは、なんどか失敗《しっぱい》したあと、ようやく試験《しけん》に合格《ごうかく》して、医者《いしゃ》になりました。

ところが、こまったことに、トムは、あまり腕《うで》のいいお医者《いしゃ》さんではありませんでした。どんな治療《ちりょう》をしても、うまくいかなかったのです。薬《くすり》は、どれがどれだかわからなくなってしまうし、ニキビと虫さされの区別《くべつ》もつきません。水ぼうそうの患者《かんじゃ》さんには、はしかの薬《くすり》を出すし、おたふくかぜの患者《かんじゃ》さんには、肩《かた》こりの薬《くすり》を出す、といったぐあいです。そして、胃《い》の痛《いた》みについての本を読まなくてはいけないときに、詩《し》を書いているのです。

こんなふうでしたから、じきに、トムのクリニックには、だれもこなくなりました。たずねてくるのは、お金持《かねも》ちのおばさんのたんじょう日のプレゼントが思いつかないから、詩《し》でも書いてほしい、とたのむ人くらいでした。

でも、トムは、だれかに詩《し》を書いてあげても、お金はうけとりませんでした。詩《し》は売りものじゃない、と考えていたからです。

さて、ある寒《さむ》い晩《ばん》のこと、トムは家で、おなかをすかしたまま、詩《し》を書いていました。古い家のかべには、あちこちひびが入っていて、すきま風がふきこんできます。トムは、詩《し》を書いた紙をぺたぺたはって、かべのひびをふさぎました。こうして、詩《し》のおかげで寒さをしのぎながら、トムは、せっせと書きつづけました。

「海の近くの　緑《みどり》のまきば
色美《いろうつく》しき衣《ころも》の乙女《おとめ》たちが
わたしとおどりにやってきた」

トムは、着《き》ているコートをぎゅっとかきよせながら、海のそばにあるまきばを思いうかべました。

さんさんとふりそそぐお日さまの光。あたり一面《いちめん》にさきみだれる背《せ》の高い青い花。それに、スカートをひらひらさせておどる、夏のチョウのような少女たち。

トムには、そんな夏のまきばのほうが、かべじゅうに詩《し》の紙をはりつけた寒《さむ》いへやよりも、よっぽどほんものら

しく感《かん》じられました。

トムは、夢見《ゆめみ》るように、にっこりほほえみました。

そのとき、呼《よ》び鈴《りん》が、大きな音で鳴りました。

ドアをあけると、そこに立っていたのは、とげみたいに細くとんがった感じのおばあさんでした。先のとんがったぼうしをかぶり、黒いマントを着《き》て、とほうもなく大きな竹ぼうきを持《も》っています。そして、トムのかかげているろうそくが、ニキビだらけのぶすっとした顔を、ぼうっとてらしだしました。

「おまえさんが医者《いしゃ》かね？」と、おばあさんはたずねました。

トムはこたえました。

「はい、ぼくは医者《いしゃ》です。だけど、実《じつ》をいうと、あんまり腕《うで》がよくないんです」

おばあさんは、トムをじいっと見てから、うなずきました。

「ふうむ、たしかに、たいして腕《うで》がよさそうには見えないね。あんた、ニキビは見られるかい？　治《なお》してほしいんだよ」

「ニキビでおこまりだ、ということでしょうか？」と、トムは、おずおずとたずねました。

おばあさんは、ぴしゃりといいました。

「あたりまえじゃないか。ニキビなんかあったら、あたしの美《うつく》しさが、だいなしだろ！」

「いえいえ、とんでもない！」と、トムは、れいぎただしくこたえました。

「ほんとうの美《うつく》しさは、どんなにたくさんニキビがあっても、かがやいて見えるものです」

おばあさんは、まんぞくそうににやにやしながら、いいました。

「ああ、そりゃもちろん、そうさ。だけど、それでも治《なお》してほしいんだよ。どこの女が、顔にニキビなんか、のさばらせておきたいもんかね」

「うまくいく、とは、おやくそくできませんが……」と、トムは口ごもりました。頭の中は、明るいお日さまの光と、色あざやかなドレスを着《き》た少女たちと、波《なみ》うつ海のことで、まだいっぱいでした。

「なにしろぼくは、ニキビを治《なお》すのに、成功《せいこう》したためしがないんです」

すると、おばあさんは、まるでしょうわるな黒いカエルみたいに、ぴょんと飛《と》んで、家の中へ入ってきました。

「あたしのニキビは、ちゃんと治《なお》してくれたほうが、身《み》のためだよ。うまくいかなかったら、理由《りゆう》をとーっくり、聞かせてもらうからね」

おばあさんは、しゃがれた、不吉《ふきつ》な感《かん》じの声で、はきすてるようにいいました。まるで、ひとことひとこと、熱《あつ》い油《あぶら》の中で、ジュッと揚《あ》げているみたいです。

トムは、針《はり》でさされたようにびくっとして、あとずさりました。

そして、あわてて診察室《しんさつしつ》に入っていくと、薬《くすり》の調合《ちょうごう》をはじめました。

「ええと、ニキビにきくのは、あのピンクの粉《こな》だっけ。それとも、あの青いシュワシュワした液《えき》のほうかな」と、ぶつぶついいながら、トムはふるえる手で、いそいで薬をまぜあわせました。

ニキビを治《なお》したいおばあさんのためにできあがったのは、背《せ》の高いコップに入った、むらさき色の水薬《みずぐすり》でした。それは、鼻《はな》がひんまがるほど、ひどいにおいがしました。

「これが、ちゃんときく薬《くすり》だって、自信《じしん》が持《も》てたらいいんだけど」と、トムはつぶやきました。

おばあさんは、そんなトムにはおかまいなしに、さっとコップをひったくる

と、一気《いっき》に飲《の》みほしてしまいました。おふろの水が排水口《はいすいこう》にすいこまれていくときのような、ズズーッという音をたてながらね。
「こりゃ、うまい！」おばあさんは、そういって、くちびるをなめました。
そのしゅんかん、トムは、おそろしいことを思いだしました！　あの、青いシュワシュワした液《えき》は、足首のねんざの薬《くすり》でした。ニキビになんてきくはずがないのです。
トムは全身《ぜんしん》から、さーっと血《ち》の気《け》が

ひいて、ふるえだしました。いったいなんといって、この失敗《しっぱい》をおばあさんに説明《せつめい》したらいいのでしょう？

まあ、医者《いしゃ》だけどじつは詩人《しじん》なんです、という人なら、いかにもしでかしそうなことですけれどね。

トムは、エヘンとせきばらいすると、おそるおそるいいだしました。

「あのう、足首をねんざしたことは、おありですか？」

ところが、いいおわらないうちに、ふしぎなことが起《お》こりました。なんと、おばあさんのニキビが、よくなってきたのです。

ニキビはみるみるうちに小さくなっていき、やがて、かんぺきに消《き》えてしまいました。

トムは、びっくりぎょうてんしました。だれのどんな症状《しょうじょう》にせよ、ちゃんと治《なお》せたのは、医者《いしゃ》になってから、はじめてのことだったのです。

おばあさんは、トムのやかんに、じぶんの顔をうつして見ました。そして、ぴょんと飛《と》びあがり、うちょうてんになってさけびました。

「ニキビが消《き》えた！　あたしの光りかがやく美《うつく》しさが、もどってきた！　前よりもっと、美人《びじん》になった！」

おばあさんは大よろこびで、トムに、黄金《おうごん》の入った小さなふくろをぽんとわたすと、いいました。

「友だちにも、あんたのクリニックをすすめとくからね」

そして、うれしさのあまりクックックッとわらいながら、家を出ていきました。

ひとりになったトムは、青いシュワシュワした液《えき》の入ったびんと、黄金《おうごん》の入ったふくろを、穴《あな》のあくほど見つめました。それから、肩《かた》をすくめて、詩《し》の世界《せかい》にもどっていきました。

トムは頭の中で、ふたたびお日さまの光につつまれながら、静《しず》かなため息《いき》のような波《なみ》の音に合わせて、絹《きぬ》のドレスをまとった夏の乙女《おとめ》たちといっしょに、おどりはじめました。

ところがすぐに、またもや呼《よ》び鈴《りん》が鳴りました。玄関《げんかん》に出てみると、さっきとはまたべつの、とんがった感《かん》じのおばあさんでした。先のとんがったぼうしをかぶり、先のとんがったくつをはいて、つきさすようなまなざしで、トムのことを見ています。

その顔は、ひどくはれあがっていました。

トムは、このおばあさんのことも、治《なお》してあげました。（こんどは、まちがって、火薬《かやく》をまぜたぬり薬《ぐすり》を、ぬってしまったんですけれどね。）

「こりゃ、たまげた！　あんた、腕《うで》がいいねえ！」と、おばあさんはいいまし

た。

「こんなに腕《うで》のいい医者《いしゃ》は、はじめてだよ。あたしら魔女《まじょ》は、なかなかいい医《い》者《しゃ》にめぐりあえなくってね」

「えっ、あなた、魔女《まじょ》なんですか！」と、トムはぎょっとして、聞きかえしました。

「もちろん、そうさ。あんたは、生まれついての魔女《まじょ》のための医者《いしゃ》だね。まさか、じぶんじゃ知らなかったのかい？　薬《くすり》ってのは、魔女《まじょ》に使《つか》うと、ききめが反対《はんたい》になっちまうからねえ。そこいらの医者《いしゃ》じゃ、あたしらの役《やく》にはたたないのさ」と、魔女《まじょ》はいいました。

この魔女《まじょ》も、トムに、黄金《おうごん》をひとふくろわたして、うれしそうにじぶんの顔をペチペチたたきながら、帰っていきました。クリニックを出ていくとき、

「あたしの光りかがやく美《うつく》しさが、やっともどってきたよ」と、いっているの

が聞こえました。

トムは、落ちつかない気分で、しばらくつったったまま、「どうやら、これでおしまいじゃなさそうだなあ」と、考えていました。

もう、つくえの前にすわったって、詩《し》のつづきなんて書けそうにありません。頭の中にひろがっていた詩《し》の世界《せかい》は、すっかり消《き》えてしまいました。そこでトムは、ベッドに入って寝《ね》ることにしました。

朝になって、目がさめたとたん、トムは、なにかしんぱいごとがあるような気がしました。そしてつぎのしゅんかん、それがなんなのかを、思いだしました。

そうだ、魔女《まじょ》だ！　ぼくはきのう、魔女《まじょ》の治療《ちりょう》をしてしまったんだ！

トムは、ベッドに横《よこ》になったまま、きっかり五分間、しんぱいしていました。それから、こう考えました。

「魔女《まじょ》の治療《ちりょう》をしてしまったとしても、朝ごはんは食べないとな」

トムは起《お》きて、テーブルにお皿《さら》を出しました。

それから、食《しょく》料《りょう》戸だなをあけて、中をのぞきこみました。

おやおや！　レモンが三つと、イワシのかんづめがひとつあるだけです！

これでは、とても足りません。前の晩《ばん》、がんばって詩《し》を書いた上に、ふたりの魔女《まじょ》のニキビやらはれやらを治したせいで、おなかがぺこぺこだったのです。

トムが、どうしたらいいかなあ、と考えていると、呼《よ》び鈴《りん》が鳴りました。

トムは、顔をしかめました。また、魔女《まじょ》がきたのかな？　それとも、警察《けいさつ》だろうか？　もし、魔女《まじょ》を治療《ちりょう》した罪《つみ》でろうやに入れられてしまっても、詩《し》を書くことはできるかな？

トムは、玄関《げんかん》にいって、思いきってドアをあけました。

すると、そこにいたのは、美《うつく》しい女の人でした。その人は、「あたしはサビナです」と名のると、中に入ってきました。

「朝ごはんに、イワシをめしあがるの？」と、サビナは、にこにこしながら聞きました。

「朝ごはんだけじゃなく、昼も夜も、それしかないんです」と、トムはこたえました。

そして、サビナをまじまじと見つめました。

サビナの髪《かみ》は金色でしたが、とてもうすい金色なので、銀色《ぎんいろ》っぽく見えました。目は青ですが、とてもこい青なので、むらさきっぽく見えます。はだはピンクがかった白ですが、顔のまん中にある鼻《はな》だけは、まっ赤です。

トムがサビナを見つめているあいだに、サビナは、きっかり二十七回、くしゃみをしました。そして、いいました。

「先生は、ニキビとはれを治《なお》すのがおじょうずだ、とうかがったんですけど。くしゃみも治《なお》していただけるかしら？」

サビナは、鼻《はな》が赤くても、息《いき》をのむほどの美人《びじん》でした。そこで、トムは、くしゃみの薬《くすり》の調合《ちょうごう》のしかたを、ひっしになって考えました。

いっぽう、サビナは、かべのひびの上にはってある詩《し》を、ひとつずつ読みはじめました。サビナのくしゃみは、けっこうな風をまきおこし、いくつかの詩《し》がかべからはがれて、ふきとばされてしまいました。じきに、へやの中は、ぐるぐる飛《と》びまわる詩《し》でいっぱいになりました。

トムは、まゆをしかめて、指《ゆび》でつくえをトントンたたいていました。ええと、くしゃみにきく薬《くすり》は、なんだっけ？

美《うつく》しいサビナは、むらさき色の目をぱちぱちさせて、いいました。

「このおうちには、はたらき者《もの》のお手伝《てつだ》いさんがひつようね。これからは、あたしが通ってきて、かたづけてさしあげるわ」

「それなら、ますます、そのくしゃみを治《なお》さないといけませんね」と、トムは、にこっとしていいました。

「そうだ、ここにある三つのレモンを使《つか》って、レモネードを作ってあげましょう。ぼくが調合《ちょうごう》する薬《くすり》は、ふつうの人にはきかないんです。だから、あなたには、レモネードのほうが、きくはずですよ」

「先生、おもしろい詩《し》をお書きになるのねえ」と、美《うつく》しいサビナはいいました。

「あたし、これが好《す》きだわ。

海の近くの　ハクション！　の　まきば
色《いろ》美《うつく》しき衣《ころも》の　ハックショーン！　が
わたしとおどりにやってきた」

「ぼくが思ってたのと、ちょっとちがって聞こえますけどね」と、トムはいいました。

トムは、レモンをしぼるのが、とびきりじょうずだったにちがいありません。トムが作った、レモンの三つ入った特製《とくせい》レモネードを飲むと、サビナのくしゃみは、ぴたりと止まってしまいました。

そこで美《うつく》しいサビナは、さっそく、家をかたづけはじめました。トムのほうは、すわって詩《し》を書きはじめました。

トムはふと、顔をあげて、たずねました。

「ところで、そのほうき、どこから出してきたんですか？」

「ああ、あたし、いつもじぶんのほうきを持《も》ち歩《ある》いているんです」と、サビナはこたえました。

しばらくして、トムが「ハイエナ」とひびきのにていることばを思いつくのに苦労《くろう》していると、ドアをドンドンたたく音と、口々《くちぐち》にさけぶ声が聞こえてきました。

「出てこい！　出てくるんだ！　あんたがなにをやってるか、ちゃんとわかってるぞ。魔女《まじょ》の治療《ちりょう》をしてるんだろう！」

トムはため息《いき》をつき、ゆううつそうにいいました。

「こりゃ、ほんとにやっかいなことになったぞ」

それから、ドアをあけました。

家の前には、市長さん、議員《ぎいん》たち、おまわりさん、ほかにも、たくさんの人がいました。

「出てきたな！　悪者《わるもの》め！」と、みんなはさけびました。

市長さんがいいました。

「あなたは、魔女《まじょ》を治療《ちりょう》されてるそうですな。ちがうといっても、むだですぞ」

「ええと、たしかに、ひとり、ふたり、治療《ちりょう》したかもしれません。でも、魔女《まじょ》だなんて、まったく知らなかったんです」と、トムはいいました。

市長さんは、またいいました。

「このあたりの魔女《まじょ》どもは、ほんとにたちの悪《わる》いやつらでしてな。体の調子《ちょうし》がよくないときでさえ、悪《わる》さをするのです。いまは、元気になってしまったので、

前の百倍《ばい》も悪《わる》さをしでかすのは、目に見えています。

この町に、魔女《まじょ》を治療《ちりょう》してまわる医者《いしゃ》など、いてほしくありません。出ていっていただけるまで、わたしたちはここを動《うご》きませんぞ」

「ですが、この家を出ていくなんて、むりです！」と、トムはさけびました。

「ぼくの詩《し》はぜんぶ、この家のかべの穴《あな》やひびの上に、はってあるんですから。いままで書いてきたたいせつな詩《し》を、すべておいていくなんて、ぜったいにできません」

あつまった人たちから、怒《いか》りにみちた、おそろしい声があがりました。

「おいだせ！　こいつをおいだすんだ！　魔女《まじょ》の医者《いしゃ》を、町からおいだそう！」

おまわりさんが、家の前のかいだんをかけあがってきて、トムのシャツをつかみました。

トムはもがいて、ふりはらおうとしましたが、なにしろ、朝ごはんを食べていません――けっきょく、イワシのかんづめさえ、食べそこねたのです。

けれども、おまわりさんのほうは、たまごとベーコンとソーセージとトーストを食べ、牛乳《ぎゅうにゅう》をたっぷり入れたコーヒーを飲《の》み、おまけに、おくさんからキスをしてもらっていました。だから、このうえなく元気いっぱいでした。そのままなにもなければ、まちがいなくおまわりさんは、トムをあっさりつかまえて、牢屋《ろうや》にほうりこんでいたことでしょう。

ところが、そのとき、思いがけないことが起《お》こったのです。

トムのうしろのドアがあいて、美《うつく》しいサビナが、すがたをあらわしました。そのあまりの美《うつく》しさに、怒《いか》りくるっていた人々も、しいんとしずまりかえりました。おまわりさんは、トムを空中につりあげたまま、ぴたりと動《うご》きを止めました。

「おはようございます」と、美《うつく》しいサビナはいいました。そして、ピンクのくちびるのはしをあげ、むらさき色の目をきらめかせて、にっこりとほほえみました。
「まあ、みなさん、トム先生に、なにをなさっているの？」
市長さんがわれにかえって、こたえました。
「この町を出ていっていただくのです。この先生は、魔女《まじょ》の治療《ちりょう》をされていたのですよ」

「あら、でも、それって、すばらしいことじゃありません？」と、美《うつく》しいサビナがいいました。

「だって、この先もう、魔《ま》女《じょ》の悪《わる》さに、なやまされずにすむんですもの。魔《ま》女《じょ》っていうのは、ぐあいがいいときは、けっこうしんせつなものですからね」

一同は、サビナをまじまじと見つめました。

市長さんは、落《お》ちつかないようすで、足を、右、左とふみかえながら、たずねました。

「それは、たしかですか？　体の調《ちょう》子《し》がよくなると、魔《ま》女《じょ》は、ますます悪《わる》さをするものだ、と思っていたのですがね」

するとサビナは、びっくりしたようにいいました。

「あら、まさか！　魔《ま》女《じょ》っていうのは、ぐあいがいいときは、ぺちゃくちゃおしゃべりをしたり、おどったり、楽しい魔《ま》女《じょ》パーティーを開《ひら》いたりするだけで、手いっぱいなんですわ。魔女《まじょ》が悪《わる》さをするのは、たいてい、ニキビができたり胃《い》がもたれたりして、くさくさしているときなんです。

それに、この町には魔女《まじょ》のお医者《いしゃ》さんがいるとなれば、今後はあちこちから魔女《まじょ》がやってきて、景気《けいき》がぐんとよくなりますわ。魔女《まじょ》は、町のお店で、きれいな色のスカーフとか、ビーズのネックレスとか、ちょっとしたアクセサリーを買って、お金をたくさん使《つか》いますからね」

市長さんは、じっくり考えているようすでした。じつは、市長さんは、市長のしごとをしていないときは、スカーフや、ビーズのネックレスや、ちょっとしたアクセサリーを売っている雑貨屋《ざっかや》さんをしていたのです。

市長さんはいいました。

「もしかすると、ことをいそぎすぎたかもしれませんな。じっくり検討《けんとう》するひつようがありそうだ」

「たしかに、早まったことは、したくないですね」と、議員《ぎいん》のひとりが、あいづちをうちました。

美《うつく》しいサビナも、うなずきました。

「そのとおりですわ。だって、もしあたしが魔女《まじょ》なら――もしも、あたしが魔《ま》女《じょ》だったら――市長さんと議員《ぎいん》のみなさんが、最高《さいこう》に腕《うで》のいい魔女《まじょ》のお医者《いしゃ》さんを、町からおいだしたなんて知ったら、すごく腹《はら》をたてると思いますもの」

サビナの声は、美《うつく》しいけれど、なんともいえず不吉《ふきつ》な感じでした。この人はじつは魔女《まじょ》なのかも、と、つい信《しん》じそうになるくらいでした。

市長さんがいいました。

「では、この件《けん》については、会議《かいぎ》を開《ひら》いて話しあいましょう。巡査《じゅんさ》、魔女《まじょ》のお医者《いしゃ》さんを、おろしてさしあげなさい」

一同は、ぞろぞろと帰っていきました。トムと美《うつく》しいサビナは、みんなのうしろすがたを見おくりました。

それから、美《うつく》しいサビナがトムを手まねきし、ふたりは台所《だいどころ》に入っていきました。

すると、どうでしょう。テーブルのまん中に、三段《だん》がさねの大きなケーキがあったのです。ケーキは、さとうでできたころもできれいにおおわれ、さとうでできたユリやバラでかざられていました。

「これ、あたしが焼《や》いたのよ。たいしたものじゃないけれど」と、美《うつく》しいサビナが、ひかえめにいいました。

「このケーキ、イワシのかんづめだけで作ったんですか?」と、トムは、ふしぎそうにたずねました。

「まあね。あたし、ささっとまぜてなにか作るのは、けっこうとくいなの」と、美《うつく》しいサビナはこたえました。

「まるで、ウエディングケーキみたいだ」と、トムがいいました。

「あら、ほんとね」と、サビナが目をまるくして、さけびました。

「そういえば、あたし、作っているとき、ウエディングケーキってどんな感《かん》じだったかしら、って考えていたわ」

そこでトムは、勇気《ゆうき》を出して、つづけました。

「せっかく、うちにウエディングケーキがあるのに、結婚式《けっこんしき》がないなんて、もったいないと思いませんか?」

「それって、いかにも詩人《しじん》の考えそうなことね、トム先生」美《うつく》しいサビナはそういって、むらさき色の目をきらめかせ、トムににっこりとわらいかけました。

こうして、トムと美《うつく》しいサビナは、結婚《けっこん》しました。

ふたりの結婚式《けっこんしき》には、市長さんと、議員《ぎいん》たち、それに、おまわりさんもやってきました。とんがったぼうしをかぶった、見なれないおばあさんも、何人か来ていました。

でも、お客《きゃく》さんはみんな、れいぎただしかったので、おばあさんたちに、「あなたはいったいどなたですか？」なんて、失礼《しつれい》なことはいいませんでした。みんな、とてもれいぎただしく、「お元気そうでなによりです」と、あいさつしただけでした。

「お元気そうで」といわれたとき、ひとりのおばあさんは、こうこたえました。

「そりゃあんた、なにしろ、この町には、いいお医者《いしゃ》がいるからねえ」

そして、相手《あいて》を横目《よこめ》でじろっとにらんで、つけくわえました。

「あの先生が、ずっとここにいてくれるといいんだけど。もしいなくなったら、あたしらみんな、さぞかし腹《はら》がたつこったろうねえ」

こんなわけで、トムは、かべじゅう詩《し》だらけの家で、それからもずっとくらすことになりました。そして、昼はずっと詩《し》を書いてすごし、夜になると、魔《ま》女《じょ》を二、三人、治療《ちりょう》しました。

やがて、トムはお金持《かねも》ちになり、往診《おうしん》用のりっぱな車まで、手に入れました。美《うつく》しいサビナは、トムの手だすけをしました。トムが医者《いしゃ》のしごとをするときは、看護師《かんごし》のぼうしをかぶって手伝《てつだ》い、詩《し》を書くときは、つづりのまちがいを直してくれました。

町の子どもたちの中には、サビナがほうきに乗って魔女《まじょ》のパーティーに出かけるところを見た、という子もいましたが、大人たちはそれを聞いても、「ふうん、それがどうした？」というだけでした。

「こんなにすべてがうまくいってる医者《いしゃ》や詩人《しじん》なんて、どこにもいないだろうな」と、トムはいいました。

美《うつく》しいサビナは、ピンクのくちびるのはしをあげ、むらさき色の目をきらめかせて、にっこりわらいました。

こうしてふたりは、すえながく、しあわせにくらしたんですよ。

イジワルおばさん

「まあ、たいへん！」

ある日のお昼ごはんのとき、ゆうびんやさんがとどけてくれた手紙を読んでいたお母さんが、さけびました。

「いったいどうしたんだい？」と、お父さんがたずねました。ゆでたまごを食べていたトビーとクレアも、顔をあげました。

お母さんはこたえました。

「イジワルおばさんが、うちに、とまりにいらっしゃるんですって。ああ、考えただけで、胃《い》がいたくなりそう」

「留守《るす》だっていってよ！」と、トビーがさけびました。「イジワルおばさん」と聞いただけで、ぞっとしたのです。

「お客《きゃく》さまがとまれるへやがないって、おことわりしたらどうかな？」と、お父さんもいいました。

お母さんは、首を横《よこ》にふりました。

「そんなの、むりだわ。だって、ほら、イジワルおばさんは魔女《まじょ》ですもの」――

トビーとクレアは、目をまるくして、顔を見あわせました。ふたりは、イジワルおばさんが、しんせきのおばさんというだけではなくて、魔女《まじょ》なのだということを、わすれていたのです。もし、とまれるへやがない、なんていったら、おばさんはかんかんになって、みんなをカエルに変《か》えてしまうかもしれません。

お母さんは、もういちど手紙を見ながら、いいました。

「おばさんは、あした、飛行機《ひこうき》でいらっしゃるそうよ。それにしても、魔女《まじょ》の書く字って、ほんとに読みにくいわね。カササギの羽根《はね》をペンにしてるから、

ひっかかってインクがにじんでるし、なんだかどの文字も、ほうきみたいな形に見えるわ」

「しかも、紙じゃなくて、ネズミの皮《かわ》に書いてあるぞ」と、お父さん。

トビーはいいました。

「魔女《まじょ》っぽく見せてるだけなんじゃないの？　だって、ほんものの魔女《まじょ》なら、ほうきに乗ってくるはずだよ。飛行機《ひこうき》なんかじゃなくってさ」

おばさんが、ひとりでへやを使《つか》えるように、クレアが、トビーのへやにうつることになりました。

クレアは、おばさんのために、花びんに花を生けて、へやにかざりました。

でも、生けたのは、庭《にわ》で育《そだ》てるような花ではありません。イジワルおばさんが好《す》きなのは、ツルナスやキツネノテブクロといった、毒《どく》のある花なのです。

お父さんが、クレアにいいました。

「すみっこのクモの巣《す》は、そのままにしておくんだよ。ほら、前におばさんがきたとき、おまえがクモの巣《す》をきれいにそうじしたら、かんかんになっただろう？　おばさんは魔女《まじょ》だから、ほこりとかクモの巣《す》が大好きなのさ」

つぎの日の午後、みんなは空港《くうこう》に、おばさんをむかえにいきました。飛行機《ひこうき》からは、おおぜいの人がおりてきましたが、おばさんはすぐにわかりました。というのも、おばさんは古いタイプの魔女《まじょ》で、全身《ぜんしん》黒ずくめで、とんがったぼうしをかぶり、ほうきを持《も》っていたからです。

お母さんが、声をかけました。

「イジワルおばさん、こんにちは。またお会いできて、とってもうれしいですわ」

するとおばさんはこたえました。

「ふん、ほんとにうれしいわけがないさ。ま、そんなこたあ、どうでもいいけどね。今週、この町で、魔女《まじょ》の特別会議《とくべつかいぎ》があるんだよ。だから、いやでもこないわけにはいかなかったのさ。

あたしは毎晩《まいばん》、ほうきに乗って出かけるから、昼間はなるべく寝《ね》ていたいんだ。子どもらには、しずかにしといてもらいたいね」

トビーがたずねました。

「イジワルおばさん、なんで、ほうきに乗ってこなかったの？　どうして、飛《ひ》行機《こうき》できたの？」

おばさんは、ふきげんそうにいいました。

「あんた、天気予報《よほう》も見ないのかい？　予報《よほう》で、クック海峡《かいきょう》のあたりで風が出て、今日の正午には突風《とっぷう》になる、っていってたじゃないか。風が強いときに、ほうきに乗るのは、楽しいもんじゃないからね。へっぽこ飛行機《ひこうき》も、がくんがくんゆれてたよ。まちがって、手押《てお》し車《ぐるま》に乗《の》っちまったかと思ったくらいさ。乗客《じょうきゃく》がふたり、はいてたよ」

「かわいそう」と、クレア。

イジワルおばさんは、ぶつぶついいました。

「かわいそうなもんかい。いいきみだよ。ああいうやつらを見てると、ほんとにいらいらするよ」

家につくと、イジワルおばさんは、さっさとじぶんのへやにむかいました。そして、ツルナスとキツネノテブクロが生けられているのを見て、にっとわらいましたが、「ありがとう」とはいいませんでした。

「じゃ、あたしはちょっくら昼寝《ひるね》するからね」おばさんは、首にまいた、ぼさぼさの黒い毛皮《けがわ》のえりまきをなでながら、いいました。

「このベッド、しめってたり、でこぼこだったりしないだろうね？　若《わか》い魔女《まじょ》だったころは、しめったベッドが大好きだったけど、もう、あたしも年だからね」

そういうなり、おばさんは、ドアをぴしゃりとしめました。つづいて、ガタンという音がしたので、おばさんが、中からスーツケースをドアに立てかけて、開《あ》かないようにしたのがわかりました。

「ほんとに失礼《しつれい》だなあ！」と、トビーがいいました。

おかあさんが、なだめました。

「しかたないわ、魔女《まじょ》なんだもの。魔女《まじょ》は、失礼《しつれい》じゃないといけないのよ。さあ、ふたりとも、いい子だから、しずかにしててね！　おばさんをおこらせたら、オタマジャクシにされちゃうわよ」

子どもたちは、いやな気分のまま、おもてにあそびに出ました。

「あたし、イジワルおばさんってきらい」と、クレアがいいました。

「家の中に魔女《まじょ》がいるなんて、いやだよな」と、トビーもいいました。


イジワルおばさんがいると、家じゅうがしいんとして、へんな感《かん》じでした。家族《かぞく》みんなが、ひそひそ声で話し、つま先立ちで歩いているのです。

イジワルおばさんは、ほとんどの時間を、じぶんのへやですごしていましたが、いちどだけ、へやから出てきて、毒《どく》キノコが少しほしい、といいました。

そこで、トビーがさがしに出かけて、丘《おか》のてっぺんにある松《まつ》の木の下から、いくつかとってきました。きれいな赤いキノコで、白い点々が入っています。

でも、イジワルおばさんは、ちっともよろこばないで、けちをつけました。

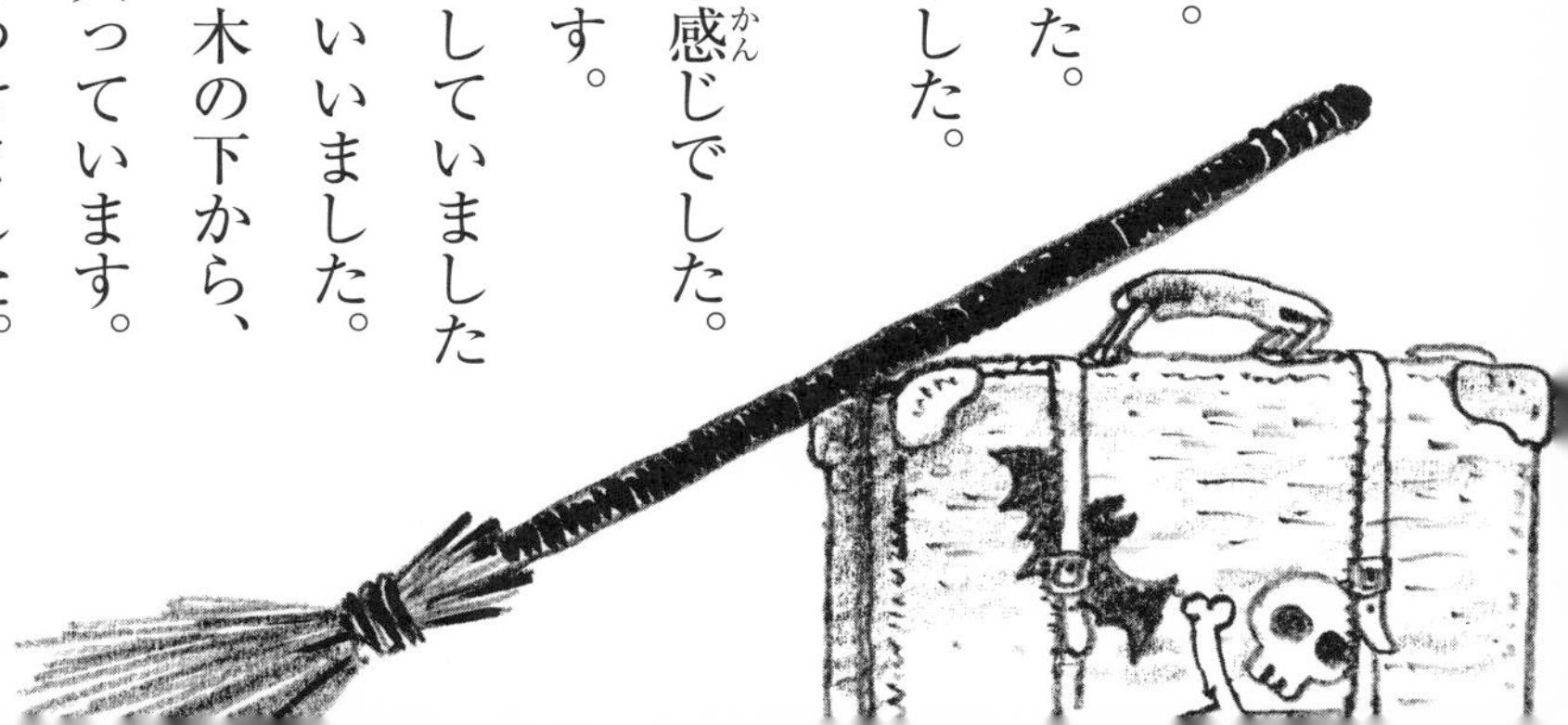

「こりゃ、だめな毒《どく》キノコだ。見た目はきれいだけど、毒《どく》のほうは、まったく期待《きたい》はずれなのさ。茶色でぬめぬめしたやつのほうが、ずうっといいんだよ。まったく、最近《さいきん》の子ときたら、なにひとつ、まともにできやしないんだから。ま、しかたない。これで、まにあわすしかないね」

それが、火曜のことでした。

水曜には、おばさんのへやのかぎ穴《あな》から、けむりが出てきましたし、木曜には、おばさんがスープ皿《ざら》をわりました。でも、そのあいだ、ずっとおばさんはへやにこもりっきりで、家族《かぞく》はだれも、おばさんと顔を合わせませんでした。

金曜になると、おばさんはへやから出てきて、スープにコショウがきいてなかったよ、と、もんくをいいました。

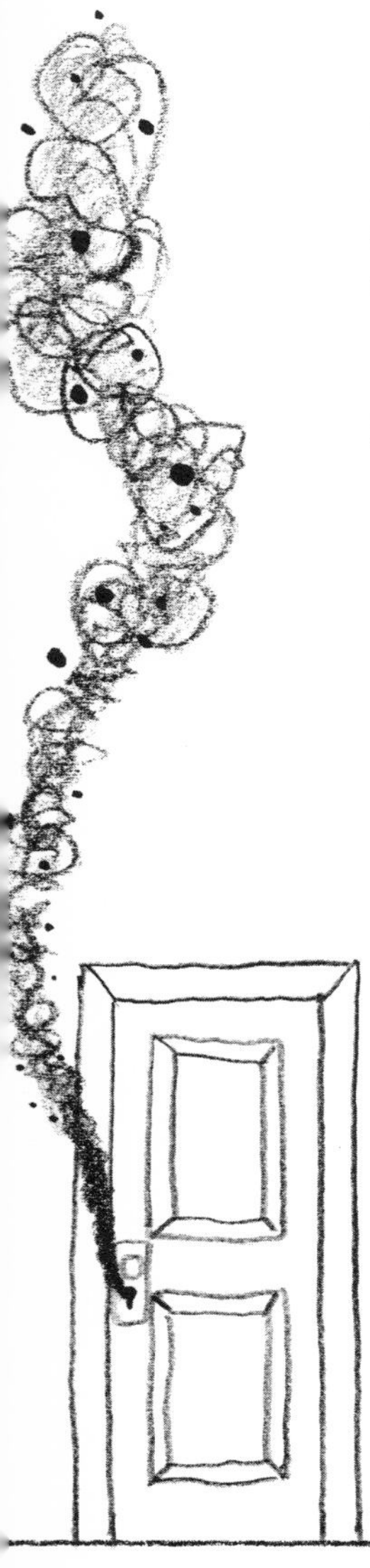

ようやく、日曜になりました。イジワルおばさんは、一週間とまっていましたが、今日、家に帰るのです。帰りは、ほうきに乗っていくようです。トビーとクレアは、うれしくてしかたありませんでした。お母さんも、よろこんでいましたが、なぜか、つかれてしょんぼりしているように見えました。

お母さんは、「ちょっとおとなりさんに、お花のおすそわけにいってくるわね」といって、出かけました。

お母さんがいなくなったあと、お父さんが庭《にわ》から、あわててかけこんできて、トビーとクレアにいいました。

「たいへんだ！　だいじなことを思いだしたぞ。今日は、お母さんのたんじょう日じゃないか。なのに、みんなして、すっかりわすれてたんだ。まったく、魔女《まじょ》を家にとめたりするからだ。

いますぐひとっ走《ぱし》りして、プレゼントを買ってこないと！」

クレアがさけびました。

「だけどパパ、今日は日曜よ！　お店はぜんぶ、しまってるわ！」

お父さんは、頭をかかえました。

「まいったな。いったい、どうしたらいいんだ？　なんとかして、お母さんにプレゼントを用意《ようい》しないと」

そのときいきなり、声が聞こえました。

「プレゼント？　だれのためのプレゼントだって？」

見ると、イジワルおばさんです。スーツケースとほうきを手に持《も》っていて、足もとには、大きな黒ネコがいます。

クレアがさけびました。

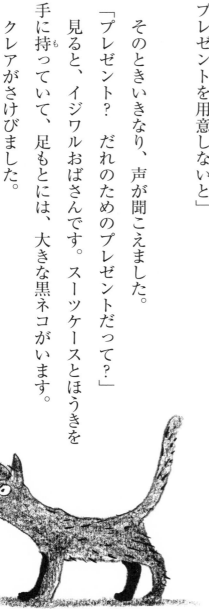

「あ、ネコがいる！　おばさんがネコをつれてきてたなんて、あたし、ぜんぜん知らなかった」

おばさんは、ほこらしげにいいました。

「こいつは、バスとか飛行機《ひこうき》に乗るときには、あたしの首のまわりに、まきついてるのさ。こいつ自身《じしん》が思いついたことなんだけど、なかなかさえてるだろ。みんな、毛皮《けがわ》のえりまきだと思いこむもんで、こいつのチケットは買わないですむからね。

それはそうと、いまの話はなんだい？　あんたたち、まさかほんとに、お母さんのたんじょう日プレゼントを用意《ようい》するのを、わすれたってのかい？」

「おはずかしいことに、そうなんです」と、お父さんが、しょんぼりしていいました。

「なんてこったい！」と、イジワルおばさんは、鼻息《はないき》あらくいいました。

「あたしは、母親のたんじょう日をわすれたことなんか、いちどもないよ。いつだって、なにかしら、プレゼントを用意《ようい》したもんさ。あるときなんて、あんたたちが見たこともないくらい、ばかでかくってまっ黒なドブネズミを、プレゼントしたんだよ。そりゃあすてきなドブネズミで、ほんとは、じぶんのペットにしたくてたまらなかったんだけど、なにしろ母さんには、とびきりいいものをあげたかったんでね。あきらめて、ゆずったのさ」

「ママは、ドブネズミなんてほしくないと思うけど」と、クレアがいいました。

「あんたたちのお母さんに、ネズミをやろうなんて、思っちゃいないよ!」

イジワルおばさんは、びしっといってから、たずねました。

「ところであんたたち、絵はかけるのかい?」

「はい」と、トビーとクレアはこたえました。

「じゃ、でっかいバースデーケーキとか、フルーツゼリーとか、カップケーキとか、サンドイッチとか、ローストチキンとか、シュワシュワのレモネードの入ったびんとか、ふうせんとか、パーンと鳴るクラッカーとか、きれいな花とか、鳥とかチョウチョとか……それに、プレゼントも、かけるかい？」

「はい！」と、トビーとクレアはさけびました。

「よし、それじゃあ、かいとくれ」と、イジワルおばさん。

「そのあいだに、あたしは、ちょっとした魔法《まほう》の薬《くすり》をこしらえるからね。オーブンはどこだい？　ふん、電気のオーブンかい。こりゃ、しゃれてるね。ま、魔女《まじょ》にとっては、すすけた黒いオーブンのほうが、よっぽど使《つか》い勝手《がって》がいいんだけどね。

だけどあたしは、何もかもそろってないと魔法《まほう》が使《つか》えないような、チンケな魔女《まじょ》じゃないのさ。見てな、なんとかしてみせるから」

トビーとクレアは、せっせと絵をかきました。紙をたくさん使《つか》って、ケーキや、ふうせんや、きれいな紙でつつまれたプレゼントを、つぎからつぎへと、かきまくったのです。

しばらくすると、イジワルおばさんが、もくもくとけむりが立ちのぼるなべを手に持《も》ち、みんなのいるへやに入ってきて、いいました。

「ほら、絵をよこしな。いそいでおくれ。あたしは、こんなことに一日じゅうかけていられるほど、ひまじゃないんだからね。

ふうーん！　あんまりうまい絵じゃないね。だけど、これでなんとかするしかないだろ。できる魔女《まじょ》っていうのは、それしかないなら、なぐりがきのへたっぴな絵だって、なんとか料理《りょうり》するもんさ」

おばさんは、絵をぽいぽいと、なべの中にほうりこみました。絵はすぐに、

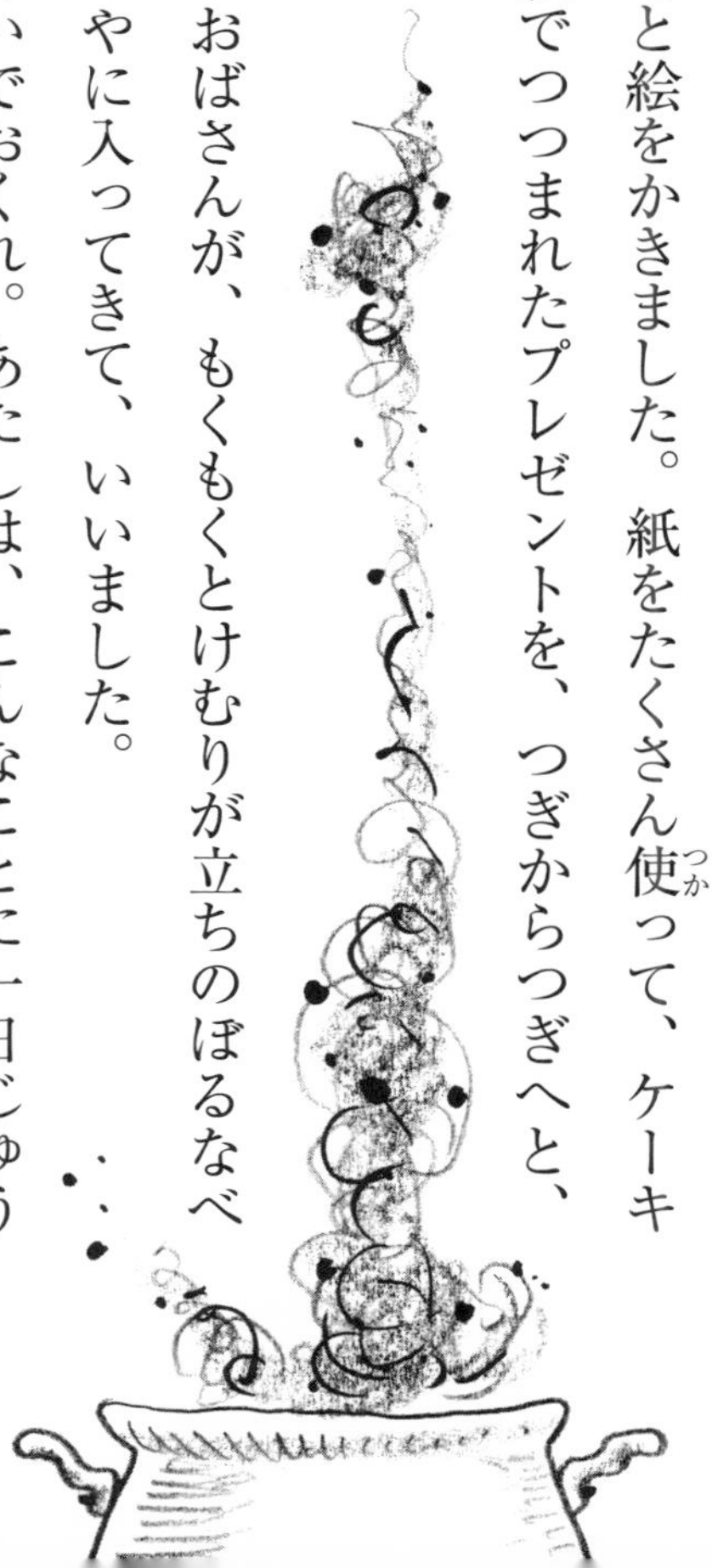

ぱっともえあがり、あっというまに灰《はい》になってしまいました。

じきに、へやには、青い色をした、こいけむりが立ちこめました。みんな、おたがいのすがたが、まったく見えなくなりました。

「このけむり、バースデーケーキみたいなにおいね」と、クレアがいいました。

「ゼリーとアイスクリームの味《あじ》だ」と、トビーがいいました。

けむりが、少しずつえんとつのほうに流《なが》れて、すいこまれていきました。

「花のかおりがするな」と、お父さんがいいました。

けむりがなくなると、どうでしょう。へやのようすが、すっかり変《か》わっていたのです！

へやじゅうが、葉《は》っぱと、花と、小指《こゆび》のつめくらいのちっちゃな鳥でいっぱいです。

テーブルの上には、色とりどりのゼリーや、たくさんの小さいケーキや、サンドイッチがひしめいています。

スポンジケーキとカスタードとフルーツをかさねたデザート、それに、大きなローストチキンもふたつあります。ものすごく大きな木のお皿《さら》がなんまいかあって、ブドウや、サクランボや、パイナップルなど、きれいなくだものが、山のようにもりつけてあります。

大きな銀《ぎん》のボウルの中には、シュワシュワのレモネードがたっぷり入って

いて、バラの花びらがうかんでいます。

そして、テーブルのまわりには、数えきれないほどのプレゼントや、クラッカーや、ふうせんがあって、ひざまでうまりそうなくらいでした。

「ほーら！」と、イジワルおばさんは、まんぞくげにいいました。

「こういうきれいな魔法《まほう》の腕前《うでまえ》も、まだまだ落《お》ちちゃいなかったよ」

いちばんすてきなのは、バースデーケーキでした。大きすぎてテーブルにはのらず、だんろのわきに、ピンクと

白の山みたいに、そびえたっています。

ふうせんがいっぱい、へやじゅうを、ふわふわとただよったり、はずんだりしています。

ちっちゃな鳥たちは、うたいながら、あちこち飛《と》びまわっています。中の一羽は、花びんに生けた花の中に、指《ゆび》ぬきみたいにちっちゃな巣《す》を作っていました。

「このつつみ、なにが入ってるの？　まさかドブネズミ？」と、クレアがたずねました。つつみは、もぞもぞ動《うご》いたり、ガサガサ音をたてたりしていたのです。

イジワルおばさんはこたえました。

「つがいのハトだよ。ほかのつつみのどれかに、そいつらの巣箱《すばこ》が入ってるよ。

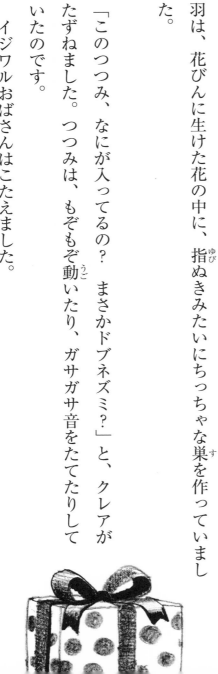

さあて、あたしは、そろそろいかないと。時間をたっぷりむだにしちまった。そういえば、なべはだめになっちまったからね。ま、べつにかまわないだろ。どうせ、しょぼい安物《やすもの》だったたし」

トビーが、おばさんにたずねました。

「もうちょっとだけいて、ママに、おたんじょう日おめでとう、っていってくれませんか？　きっとママも、おばさんに、こんなすてきなパーティーを用意《ようい》してくれてありがとうって、いいたいと思うんです」

「ぜったい、ごめんだね！」と、おばさん。

「あたしゃ、口がさけても、おめでとうとか、ありがとうなんていわないし、だれかにいわれるのも、まっぴらなんだ。あたしはね、失礼《しつれい》なのが大好きなのさ。なにしろ、あたしは魔女《まじょ》なんだから。

だけどあんたたちは、魔女《まじょ》じゃないんだから、人には、ちゃんとれいぎただしくするんだよ」

　おばさんは、スーツケースを、ひもでほうきにゆわえつけました。ネコが、おばさんの肩《かた》によじのぼりました。

　おばさんはいいました。

「そいじゃ、さよなら。あたしは、子どもはきらいだけど、あんたたちは、そこいらの子よりはましだね。また会うかもしれないね。ま、会わないかもしれないけどさ」

　おばさんは、ほうきにまたがると、まどから外へ飛《と》びだしました。スーツケースが、おばさんのうしろでぴょこぴょこゆれています。ほうきは、ちょっとふらふらしながら、飛びさりました。

お父さんがいいました。

「おばさんも、なんだかんだいって、けっこういい人だったんだな。家に魔女《まじょ》がいなくなると、ちょっとさびしくなりそうだ」

「ママ、これを見たら、きっとよろこぶわ。イジワルおばさんって、ほんとにしんせつね。こんなきれいなかざりつけ、見たことないもん」と、クレアがいいました。

「来年、またきてくれてもいいよね」と、トビーもいいました。

そのとき、お父さんがいいました。

「おや、お母さんが帰ってきたぞ。みんなで出むかえよう」

そこでみんなは、お日さまの光がさんさんとふりそそぐおもてへかけだして、「おたんじょう日おめでとう！」とさけびました。

トビーは、ちらっと空を見あげて、イジワルおばさんのすがたをさがしました。すると、はるか上のほうに、ちっちゃな黒い点が見えました。でも、それがイジワルおばさんなのか、それともカモメなのか、トビーには、はっきりわかりませんでした。

トビーは、お母さんの片手《かたて》をにぎり、クレアが、もういっぽうの手をにぎりました。

ふたりはしあわせな気もちでわらいながら、お母さんをひっぱって、家の前のかいだんをのぼり、たんじょう日パーティーのへやへと入っていきました。

訳者《やくしゃ》あとがき

『魔女《まじょ》がやってきた！』は、絵本からヤングアダルト小説《しょうせつ》まで、数多くの物語《ものがたり》を書いたニュージーランドの児童《じどう》文学作家、マーガレット・マーヒーの作品《さくひん》から、魔女《まじょ》の出てくる楽しいお話を五つ選《えら》んで一冊《さつ》にまとめた、日本オリジナルの短編集《たんぺんしゅう》です。いろんな魔女《まじょ》が登場《とうじょう》しますが、みんな、人間っぽさのある魔女《まじょ》たちです。くいしんぼうだったり、ちゃっかりしていたり、みえっぱりだったり、口は悪《わる》いけど意外《いがい》とやさしかったり。こんな魔女《まじょ》たちなら、友だちになってみたい、と思う子どもたちも多いのではないでしょうか。

さて、この五つのお話を書いたマーヒーはどんな人で、どんなふうにして作家になったのか、少しくわしくご紹介《しょうかい》したいと思います。

マーガレット・マーヒーは一九三六年、ニュージーランド北島《ほくとう》の海辺《うみべ》にある小さな町ワカタネで、橋作《はしづく》りの技術者《ぎじゅつしゃ》だった父と、元教師《きょうし》の母のもとに生まれました。父は、いっぷう変わったものの考え方をする、じょうだん好《ず》きな人で、母は、お話や詩《し》を愛《あい》するケルト民族《みんぞく》の出身《しゅっしん》でした。母方の祖父《そふ》は、文才のある人として親戚《しんせき》一同に知られていて、マーガレットが生まれたときには、その喜《よろこ》びを長い詩《し》にして贈《おく》ってくれました。毎日両親《りょうしん》にたくさんお話をきかせてもらい、下に生まれた四人の弟妹《ていまい》となかよく遊《あそ》んでいたマーガレットは、感受性豊《かんじゅせいゆた》かで考え深《ぶか》く、楽しい遊《あそ》びやじょうだん、そしてなにより、お話が大《だい》好《す》きな子どもに育《そだ》ちました。

　小さいころのマーガレットは、母からケルト民族《みんぞく》の伝説《でんせつ》「アーサー王」のお話をきかせてもらって、そこに出てくる魔法《まほう》や魔法使《まほうつか》いに夢中《むちゅう》になりました。また、ビアトリクス・ポターの「ピーターラビット」シリーズや、アリソン・アトリーのお話、『クマのプーさん』で有名《ゆうめい》なＡ・Ａ・ミルンのお話や詩《し》、ルイス・キャロルの『ふしぎの国のアリス』、グリム童話《どうわ》などもくりかえし読んでもらって、たくさんのふしぎや喜《よろこ》びを味《あじ》わいました。そして、まだ字も書けないころから詩《し》を作り、鉛筆《えんぴつ》をにぎって文字らしきものを書けるようになるとすぐ、お話を書きはじめました。両親《りょうしん》は、マーガレットの作品《さくひん》に少しでもすぐれた点があればほめ、自信《じしん》を持《も》たせてくれました。マーヒーの作家としての資質《ししつ》は、こうしためぐまれた家庭環境《かていかんきょう》にあったからこそ、存分《ぞんぶん》に育《はぐ》まれたのでしょう。

　マーガレットが八歳《さい》くらいになると、父は『宝島《たからじま》』、『ソロモン王の洞窟《どうくつ》』など、「男の子向《む》け」とされていた、海を舞台《ぶたい》にくりひろげられる冒険物語《ぼうけんものがたり》を読みきかせました。マーガレットは、登場人物《とうじょうじんぶつ》になりきってお話にのめりこみましたが、同時に、どうして女の子は冒険《ぼうけん》ができないのだろう、と不満《ふまん》に感《かん》じ、自分の書くお話の中に、なんでもできるパワフルで自由《じゆう》な女性《じょせい》を描《えが》くようになります。「魔女《まじょ》」も、そうした女性《じょせい》として、マーヒーのお気に入りのモチーフとなり、作品《さくひん》にくりかえし登場《とうじょう》するようになりました。

家庭《かてい》では幸《しあわ》せそのものの子ども時代《じだい》を送《おく》ったマーヒーでしたが、小学校ではつらい思いをしました。読み書きができすぎて授業《じゅぎょう》がつまらなく感《かん》じ、机《つくえ》の下で本を読んだりお話を書いたりしてばかりいたため、本来のレベルよりずっと低《ひく》いクラスに入れられてしまい、まわりにからかわれるようになったのです。それでも、両親《りょうしん》は、マーガレットらしさを尊重《そんちょう》し、人とちがうのは良《よ》いことなのだといつもいいきかせてくれたので、マーガレットは「自分はだめなんだ」と感《かん》じたことは一度《いちど》もありませんでした。

十二歳《さい》でハイスクール（中等教育学校《ちゅうとうきょういくがっこう》）に上がると、状況《じょうきょう》は明るくなりました。ふたたび一番下のクラスに入れられそうになったのですが、英文学《えいぶんがく》の教師《きょうし》がマーガレットの才能《さいのう》に気づき、学校にかけあって上のクラスに入れてくれ、学校でも自分らしく過《す》ごせるようになったのです。

マーガレットはハイスクールで、イギリスの有名《ゆうめい》な劇作家《げきさっか》シェイクスピアの作品《さくひん》を読み、生涯《しょうがい》にわたって愛読《あいどく》するようになりました。また、英米《えいべい》のさまざまなすぐれた古典作品《こてんさくひん》に親《した》しみ、有名《ゆうめい》な詩《し》をもじって詩《し》を書いてみる課題《かだい》をしたり、劇《げき》を演《えん》じたりするうちに、おどろくほどたくさんの言葉《ことば》を使《つか》いこなし、だれもまねできないようなおもしろい文章《ぶんしょう》を書くことができるようになりました。恩師《おんし》の英文学教師《えいぶんがくきょうし》によると、マーガレットは発想《はっそう》が独創的《どくそうてき》で、だれも気づかないちょっとしたおかしさに反応《はんのう》して大爆笑《だいばくしょう》するような、とびぬけたユーモアセンスを持《も》つ子だったそうです。のちに書かれた作品群《さくひんぐん》に見られるマーヒーらしい独創性《どくそうせい》やユーモアは、このころすでに確立《かくりつ》されていたようです。

ハイスクールを卒業《そつぎょう》したマーヒーは、ほんとうは作家になりたかったのですが、それでは生活していくのにじゅうぶんなお金がかせげないと考え、看護助手《かんごじょしゅ》になりました。しかし、頭の中はやはりお話でいっぱいで、患者《かんじゃ》さんたちとおしゃべりするのは楽しくても、日々の細かい仕事《しごと》をこなすことが、どうしてもできませんでした。そのようすは、まさにこの本の「魔女《まじょ》のお医者《いしゃ》さん」に出てくるトムのようだったことでしょう。マーヒーは結局《けっきょく》、看護師《かんごし》の道を早々《そうそう》にあきらめて、一九五三年、オークランド大学に入学しました。

大学時代《じだい》のマーヒーは、小さいころに本で味《あじ》わったふしぎと喜《よろこ》びを求《もと》めて、「ナルニア国物語《ものがたり》」で知られるC・S・ルイスや、ウォルター・デ・ラ・メアのファンタジー作品を読みふけり、子どもの本をたくさん読むようになりました。当時の大人の小説《しょうせつ》は、空想《くうそう》を入れずに現実《げんじつ》をそのまま描《えが》いたものが多く、マーヒーの求《もと》めるようなファンタジーは、子どもの本の中にしか存在《そんざい》しなかったのです。子どもの本の作家になったのもファンタジーへの深《ふか》い愛情《あいじょう》からだったと、のちにマーヒーは語っています。

また、大学時代《じだい》に町の書店で見つけたエリナー・ファージョンのお話集《しゅう》『ムギと王さま』『リンゴ畑《ばたけ》のマーティン・ピピン』は、マーヒーの大のお気に入りとなり、それがきっかけで、自分でも子ども向《む》けの短編《たんぺん》を書きはじめました。

大学では英文学《えいぶんがく》や哲学《てつがく》や歴史学《れきしがく》を学び、特《とく》に哲学《てつがく》にのめりこみました。三年次《ねんじ》からは、おもしろそうな哲学《てつがく》コースがあるという理由《りゆう》で、南島《なんとう》のクライストチャーチにあるカンタベリー大学に籍《せき》を移《うつ》しました。のちにマーヒーは、若《わか》いころに哲学《てつがく》に出会わなければ、自分の作品《さくひん》はまったくちがうものになっていただろう、と語っています。

卒業後《そつぎょう》は、図書館司書《としょかんししょ》になることにし、司書《ししょ》コースを修《おさ》めてウェリントンの図書館《としょかん》で働《はたら》いたあとクライストチャーチにもどって、カンタベリー公共図書館《こうきょうとしょかん》の児童書司書補《じどうしょししょほ》となります。図書館《としょかん》では、ローズマリー・サトクリフやルーシー・ボストンなど、そのころ作品《さくひん》を発表《はっぴょう》しはじめたばかりのすぐれた作家たちの作品《さくひん》と出会いました。

マーヒーの作品《さくひん》が初《はじ》めて発表《はっぴょう》されたのは、一九六一年、長女の出産《しゅっさん》と同年のことでした。結婚《けっこん》せずに子どもを産《う》むことにしたマーヒーは、子どもと自分の生活費《ひ》の足しにするため、「スクール・ジャーナル」という学校向《む》けの雑誌《ざっし》に短《みじか》いお話を三編《ぺん》送《おく》って、それがすべて採用《さいよう》されたのです。産後《さんご》は図書館《としょかん》の仕事《しごと》からしばらく離《はな》れましたが、一九六六年に次女《じじょ》を出産《しゅっさん》し、翌年《よくねん》に図書館《としょかん》にもどります。こうして、二人の子を育《そだ》てつつ、フルタイムで図書館《としょかん》の仕事《しごと》をし、夜中にお話を執筆《しっぴつ》するという、目のまわるような生活が始《はじ》まりました。

マーヒーは、出産《しゅっさん》するよりずっと前から、自分は結婚《けっこん》しないだろうと予感《よかん》していたといいます。幸《しあわ》せな家庭《かてい》で育《そだ》ったマーヒーは、結婚《けっこん》はすばらしいものだと思っていましたが、結婚《けっこん》すれば、女性《じょせい》はどうしても伝統的《でんとうてき》な「妻《つま》」の役割《やくわり》を要求《ようきゅう》されるため、書くことに情熱《じょうねつ》をかたむける自分のような人間にはむりだ、と考えたのです。もちろん、シングルで子《こ》育《そだ》てをすることは経済的《けいざいてき》にも体力的《たいりょくてき》にもたいへんでしたが、マーヒーは持《も》ち前《まえ》の力強い想像力《そうぞうりょく》を働《はたら》かせ、冒険《ぼうけん》だと思って乗《の》り切《き》ったそうです。

マーヒーはつぎからつぎへと短編《たんぺん》を書き、「スクール・ジャーナル」誌上《しじょう》で発表《はっぴょう》しつづけましたが、ニュージーランドのほかの出版社《しゅっぱんしゃ》には、作品《さくひん》が採用《さいよう》されませんでした。当時はニュージーランドがイギリスから独立《どくりつ》し、自国のアイデンティティを確立《かくりつ》しようともがいていた時期《じき》で、「ニュージーランドらしい」ものをあつかっていないお話は、出版社《しゅっぱんしゃ》の興味《きょうみ》を引かなかったのです。けれども、マーヒーの作品《さくひん》は、「スクール・ジャーナル」誌《し》がアメリカの出版展示会《しゅっぱんてんじかい》に展示《てんじ》されたのがきっかけで、アメリカの出版社《しゅっぱんしゃ》、フランクリン・ワッツ社の編集者《へんしゅうしゃ》の目に留《と》まりました。編集者《へんしゅうしゃ》は、マーヒーのお話はすばらしい絵本になると直感《ちょっかん》し、すぐに契約《けいやく》をとりつけます。そして、一九六九年の『はらっぱにライオンがいるよ！』（ジェニー・ウィリアムズ絵、偕成社刊《かいせいしゃかん》）を皮切《かわき》りに、マーヒーのお話は、英米《えいべい》でつぎつぎに絵本として出版《しゅっぱん》され、母国でも読まれるようになりました。長年の夢《ゆめ》だった本の出版《しゅっぱん》は、ぎりぎりだった生活をうるおしてくれただけでなく、マーヒーに大きな喜《よろこ》びをもたらしました。

　一九七六年、マーヒーはカンタベリー公共図書館《こうきょうとしょかん》の児童書司書《じどうしょししょ》に任命《にんめい》されます。仕事《しごと》内容《ないよう》は子ども向《む》けのイベントの企画《きかく》などで、本と遊《あそ》びの大好《だいす》きなマーヒーにぴったりでした。また、このころから三十年ほどにわたって、マーヒーは全国《ぜんこく》の小学校を訪問《ほうもん》し、自分のお話を読みきかせたり子どもたちの質問《しつもん》に答えたりする活動《かつどう》を続《つづ》けました。マーヒーはいつも、ふわふわした虹色《にじいろ》のかつらをかぶり、バッジをいっぱいつけた、床《ゆか》に引きずりそうなスカーフを首にかけて現《あらわ》れて、マーヒーといえば虹色《にじいろ》のかつら、と有名《ゆうめい》になりました。ときには、ペンギンやポッサムの着《き》ぐるみに身《み》をつつんで登場《とうじょう》し、子どもたちを喜《よろこ》ばせたといいます。ペンギンは本のページをめくりにくく、ポッサムはしっぽがじゃまですわりにくくて、苦労《くろう》したようですが、マーヒーの方も、そうやって子どもたちを楽しませることを、心から楽しんでいたのです。

マーヒーは、一九八〇年に図書館《としょかん》の仕事《しごと》をやめて、長い物語《ものがたり》を書きはじめます。そして、一九八二年の『足音がやってくる』、一九八四年の『めざめれば魔女《まじょ》』(ともに岩波書店《いわなみしょてん》刊《かん》)で、前の年度にイギリスで出版《しゅっぱん》された最《もっと》もすぐれた児童書《じどうしょ》に贈《おく》られる「カーネギー賞《しょう》」を二度《ど》も受賞《じゅしょう》し、二〇〇六年には、長年にわたる児童《じどう》文学への貢献《こうけん》に対して、国際《こくさい》アンデルセン賞《しょう》作家賞《しょう》を贈《おく》られました。

自分の能力《のうりょく》や情熱《じょうねつ》のすべてを注《そそ》ぎこんで、自《みずか》らも子どもたちも楽しませる作品《さくひん》を書きつづけたマーヒーは、二〇一二年、病気《びょうき》のために他界《たかい》しました。

この五作品《さくひん》を訳《やく》すのは、私《わたし》にとって、ただただ楽しい仕事《しごと》でした。この本を読む人が、マーヒーの豊《ゆた》かな世界《せかい》をいっしょに満喫《まんきつ》してくれることを願《ねが》っています。また、最後《さいご》になりましたが、ときに我《われ》を忘《わす》れて突《つ》っ走《ぱし》りそうになる私《わたし》の手綱《たづな》をひきしめつつ、あるべき方《ほう》向《こう》へと導《みちび》いてくださった徳間書店《とくましょてん》の上村令さんと、お話にぴったりのユーモラスな絵をたくさん描《か》いて作品世界《さくひんせかい》を彩《いろど》ってくださった、はたこうしろうさんに、深《ふか》く感謝《かんしゃ》いたします。

尾崎愛子《おざきあいこ》

二〇二四年四月

【訳者】
尾﨑愛子（おざきあいこ）

東京生まれ。幼少期より数多くの児童文学に親しむ。東京大学教養学部イギリス科在学中に、シドニー大学に留学。児童書出版社で編集者として勤めた後、東京大学大学院総合文化研究科にて学術修士号取得。大学院在学中から児童書の翻訳家として活動を始める。訳書に『オンボロやしきの人形たち』（徳間書店）、『シリアからきたバレリーナ』『アンナの戦争』（以上偕成社）、『死の森の犬たち』（岩波書店）など。

【画家】
はたこうしろう（秦好史郎）

1963年兵庫県生まれ。絵本、イラストレーション、挿絵、デザインなどの分野で活躍中。絵本作品に『なつのいちにち』（偕成社）、『こんにちは！　わたしのえ』（ほるぷ出版）、挿絵の仕事に『うそつきの天才』（小峰書店）、『ドリトル先生物語』（ポプラ社）、『佐賀のがばいばあちゃん１～４』（徳間書店）など多数。

【魔女がやってきた！】

マーガレット・マーヒー作
尾﨑愛子訳 translation © 2024 Aiko Ozaki
はたこうしろう絵 illustrations © 2024 Koshiro Hata
128p、22cm、NDC933

魔女がやってきた！
2024年6月30日　初版発行

訳者：尾﨑愛子
画家：はたこうしろう
装丁：百足屋ユウコ（ムシカゴグラフィクス）
フォーマット：前田浩志・横濱順美

発行人：小宮英行
発行所：株式会社 徳間書店
〒141-8202　東京都品川区上大崎3-1-1　目黒セントラルスクエア
Tel.（03）5403-4347（児童書編集）（049）293-5521（販売）　振替00140-0-44392番
印刷：日経印刷株式会社
製本：大日本印刷株式会社
Published by TOKUMA SHOTEN PUBLISHING CO., LTD., Tokyo, Japan.　Printed in Japan.

徳間書店の子どもの本のホームページ　https://www.tokuma.jp/kodomonohon/

ISBN978-4-19-865855-7